Mord auf der Siersburg

BARBARA MANSION

Mord auf der Siersburg

Ein historischer Krimi

Deutsche Erstausgabe

ASARO VERLAG

ASARO FIRST EDITION REIHE
Nr. 601019

ISBN 3-934625-32-0

Ähnlichkeiten mit verstorbenen oder lebenden Personen sind rein zufällig.

ASARO Verlag Ottersberg

Umschlaggestaltung: T. Schröder

Titelbildrechte: Gemeinde Rehlingen-Siersburg

Dieses Buch entstand mit freundlicher Unterstützung des Kultusministers des Saarlandes.

Herstellung: Books on Demand GmbH

Internet: www.asaro-verlag.de
E-Mail: mail@asaro-verlag.de

E-Mailadresse der Autorin: BarbaraMansion@aol.com

Für Hans-Jürgen und Melanie

Christi Himmelfahrt im Jahr des Herrn 1243 nahte ruhig und friedlich wie selten. Kaiser Friedrich II. weilte fern in Italien. Zu weit weg, als dass man ihn derzeit zu fürchten hätte. Die kleinen Territorialherren in der Umgebung hatten ihre Fehden weitgehend begraben und bauten auf, was die unseligen Auseinandersetzungen der letzten Zeit zerstört hatten. Bis zur Saar war die Lawine aus Streit, Kampf und Plünderungen gerollt, die die unglückselige Doppelwahl um den Posten des verstorbenen Erzbischofs von Trier los getreten hatte. Dann hatte man jedoch kurz vor Ende des letzten Jahres zu einer Einigung gefunden, sodass Bauern wie Ritter dem neuen Jahr hatten zufrieden entgegensehen können.

Nur Arnold von Isenburg, einer der Kandidaten bei dieser Wahl, sah sich genötigt, erneut einen Streit vom Zaun zu brechen. Ziel seines Hasses war Herzog Mathäus von Lothringen. Hatte dieser doch im vergangenen Jahr gemeinsam mit den Grafen von Luxemburg und Sayn, kurz vor Arnolds sicher geglaubtem Wahlsieg, einen Gegenkandidaten ins Spiel geworfen, der seinen Vorstellungen mehr entsprach. Zuerst waren Unruhen in Trier ausgebrochen, dann, sorgfältig geschürt von Arnold, strahlten sie ins gesamte Erzstift aus und nahmen dramatische Formen an. Doch Herzog Mathäus ließ seinen Favoriten, Rudolf von der Brücken, nicht im Regen stehen und zog ein Heer zusammen.

Arnold war es nur mit Mühe und in Frauenkleidern gelungen, die feindlichen Linien zu durchbrechen und sich in Sicherheit zu bringen. Diese Blamage konnte der kleine Mann nicht verwinden und so schürte er, trotz der erzielten Einigung, weiter den Unfrieden. Solange, bis der Herzog beschloss, es sei an der Zeit, den Choleriker Arnold von Isenburg für eine Weile zum Schweigen zu bringen. Und wer wäre für diese Mission besser geeignet, als dessen Namensvetter Arnold von Siersberg.

Also sandte der Herzog einen Boten zur Siersburg, diktierte Arnold kurzerhand seine Wünsche in dieser Sache und wandte sich dann wichtigeren Dingen zu. Arnold würde die Angelegenheit regeln.

Genauso unbesorgt wie der Herzog über den Ausgang dieser Mission war, waren es auch die Bewohner der Siersburg. Man kannte das diplomatische Geschick des Grafen. Und sollte es versagen, nun ja, man kannte auch seine Schlagkraft. Und so ging man an diesem ungewöhnlich warmen Morgen, kurz vor Christi Himmelfahrt, unbesorgt den Hochzeitsvorbereitungen für Graf Arnolds jüngsten Sohn, Arnulph, nach, ohne zu ahnen, dass Gefahr aus ganz anderer Richtung drohte.

Kapitel 1

»Aus dem Weg, Pfaffe!« Jerome erschrak bis ins Mark, als der schwer beladene Karren viel zu dicht an ihm vorbei polterte. Der Wagen rumpelte über einen losen Stein, neigte sich gefährlich nach links und um ein Haar wären die Maurer, die darauf saßen, heruntergekippt. So fiel nur die schwere Mörtelwanne herunter.

Mit einem verwegenen Schwung warf sich der Benediktiner zur Seite und landete mit der Kehrseite in einer Schlammpfütze. Besorgt sprangen die drei Steinmetze vom Wagen, kümmerten sich rührend um ihren Kübel, tasteten ihn bange nach eventuellen Schäden ab, die er hätte davontragen können. Jerome, den Grund des Unfalles, bedachten sie mit einem bösen Seitenblick. Liebevoll betteten sie ihre Wanne wieder auf den Wagen und verschwanden im Gedränge des Hofes. Niemand erkundigte sich bei Jerome, ob er den frechen Anschlag unbeschadet überstanden habe.

»Verdammt!«, entfuhr es ihm. Unbeabsichtigt natürlich, denn es sah nicht gut aus, wenn er, Burgkaplan und Schreiber auf der Siersburg, enger Vertrauter des Burgherrn, ein Pfeiler der Ehrbarkeit und Beispiel für alle, in der Öffentlichkeit fluchte. Dennoch musste jeder zugeben, dass es einem recht schwer gemacht wurde, ein Gott gefälliges Leben zu führen. In seinem Kloster, ja, aber hier? Seine Oberen, da war er sich sicher, waren ihn nur zu gerne losgeworden und hatten ihn als Burgkaplan auf die Siersburg versetzt.

Burg Siersberg war eine Grenzfeste der Lothringer und wer hier lebte, hatte gute Chancen im Falle eines Krieges an vorderster Front zu kämpfen. Jerome hatte nie wirklich Gefallen an diesem Leben gefunden. Aber er hatte die Gelübde abgelegt, auch das des Gehorsams. Also blieb er hier, solange sein Abt es wünschte. Und damit hatte das Missgeschick seinen Lauf genommen.

»Es ist nur für eine kurze Übergangszeit, bis ein geeigneter Burgkaplan gefunden ist«, hatte der alte Abt zu ihm gesagt. Das war Ende August 1233, als der Herzog von Lothringen dem Busendorfer Kloster das Patronat über die Kapelle zu Siersberg anvertraute. Johannes hatte hier eine erstklassige Möglichkeit gesehen, Jerome, den er nie hatte leiden können, loszuwerden. Er hatte ihn zur Burg gesandt und dann einfach vergessen.

Jerome erinnerte sich deutlich an diesen Tag. Hungrig, durstig und vollkommen verstaubt war er den Siersberg hinaufgestiegen. Der Abt hatte ihm kein Reittier angeboten und Jerome war zu stolz gewesen, um darum zu bitten. Also hatte er den ganzen Weg von seinem Kloster in Busendorf bis zur Siersburg zu Fuß zurückgelegt. Das erste Stück des Aufstiegs führte durch eine Art Hohlweg, der dann auf halber Höhe den Blick auf Rehlingen freigab. Sanft fiel der Siersberg hier zur Saar ab, und der Blick des Klosterbruders wanderte über abgeerntete Felder, auf denen jetzt die Haustiere der Rehlinger und Siersdorfer Bauern weideten. Zu seiner Linken stieg der Berg steiler an, unbewaldet, jedoch von dichtem Gestrüpp und Hecken überwuchert, um eventuellen Angreifern einen unkontrollierten Aufstieg auf dieser Seite unmöglich zu machen.

Jerome erreichte die ersten Hütten der Vorburg, kleine, nur mit Stroh gedeckte Katen, die von einem sechs Fuß hohen Palisadenzaun geschützt wurden. Niemand nahm wirklich Notiz von dem erschöpften Mann in der schwarzen, verdreckten Tracht. Immer wieder fuhr er sich mit dem schmutzigen Ärmel seiner Kutte über sein hinter Klostermauern bleich gewordenes, sauber rasiertes Gesicht. Jerome wandte sich nach links und stand hinter einer weiteren Biegung vor der heruntergelassenen Zugbrücke. Zu seiner Rechten ragte trutzig und uneinnehmbar die fast zwanzig Fuß hohe, überall auf Felsen aufgesetzte Burgmauer empor. Den nach Nordosten gelegenen Teil der Burgmauer bildeten der mächtige Pallas und die Burgmannenhäuser, von denen er hier unten nur die hohen, schmalen Giebel erkennen konnte.

Obwohl der Priester keine Wachen auf der Burgmauer gesehen hatte, war sein Kommen doch nicht unbemerkt geblieben. Kein Geringerer als Graf Arnold von Siersberg selbst war ihm entgegengeeilt wie einem lange vermissten Bruder. Erstaunt, um nicht zu sagen pikiert, nahm der hagere Benediktiner es zur Kenntnis. Der Graf war zu diesem Zeitpunkt in einem etwas würdelosen Zustand, das damals schon recht schüttere Haar zerzaust und undefinierbare Flecken auf dem teuren Leinenhemd. Doch als er Jerome zu küssen versuchte, bestätigte sich sein Verdacht: Der Graf beliebte zu trinken. Trotz dieses kleinen Handikaps hatte er, wie sich später herausstellte, enorme Führerqualitäten und ein außergewöhnliches diplomatisches Geschick. Jerome missbilligte Arnolds Laster, konnte aber nicht umhin, ihn zu bewundern. Vielleicht gelang es dem Grafen gerade deshalb, Jerome für seine privaten Zwecke einzuspannen.

Zuerst hatte er sich erweichen lassen, Arnolds umfangreiche Post zu erledigen. Dies allein bedeutete schon einen hohen Zeitaufwand. Graf Arnold, des Lesens und Schreibens sehr wohl mächtig, wälzte von Stund an alle Schreibarbeit auf seinen neuen Sekretär ab.

»Euer Latein ist einfach besser als meines«, pflegte er Jerome zu schmeicheln. »Es wird dem Empfänger der Briefe nur imponieren.«

Am besten gefiel es Arnold, dass er den neuen Sekretär nur mit Unterkunft und Verpflegung bezahlen musste.

Nachdem Jerome etwa ein halbes Jahr auf der Burg weilte, hatte Arnold die glänzende Idee, dass man Jeromes Wissen auch für die Erziehung seiner Söhne Johann und Arnulph nutzen könnte. Bei dieser Aktion zeigte er allerdings soviel Anstand, den Abt vorher um seine Erlaubnis zu bitten. Diese Bitte unterstrich Arnold mit den Rechten an einem Fischweiher, auf den das Kloster schon lange ein Auge geworfen hatte. Selbstverständlich entsprach der Abt Arnolds Vorstellungen.

Jerome tat also ab sofort sein Bestes, den beiden Bengeln wenigstens ein gewisses Grundwissen in Arithmetik, Grammatik, Rhetorik und Geometrie beizubringen, aber die Jungen hatten nicht die Gelehrsamkeit ihrer verstorbenen

Mutter geerbt. Bogenschießen, Reiten und Jagen sagten ihnen allemal mehr zu und Jerome hatte seine liebe Not mit ihnen.

Und morgen wird Arnulph nun heiraten, dachte Jerome mit einem vollkommen unsinnigen Anflug von Wehmut. *War es wirklich schon so lange her?*

Seit Wochen bereitete sich ein jeder auf die Hochzeit von Arnulph und der reichen Kaufmannstochter Binzela von Randeck vor. Und auch Jerome steckte mitten in den Vorarbeiten als ihm auf dem Weg zur Kapelle diese unvorsichtigen Maurer fast den Garaus gemacht hätten.

Jerome versuchte, sich die braunen, schmierigen Schlammspritzer aus seiner Kutte zu reiben. Na wartet, dachte er, euch werde ich ganz besonders auf die Finger sehen. Er persönlich würde ihre Arbeit überwachen und Arnold auf den kleinsten Mangel hinweisen, bevor der seine Geldtruhe öffnen würde. Diese Kerle waren dafür bekannt, dass sie mit Vorliebe schlechte Arbeit für gutes Geld lieferten.

Jerome wehrte sich heftig gegen die aufsteigenden Rachegefühle und kehrte zum Wohnturm zurück. Mit dieser Kutte konnte er unmöglich herumlaufen. Die ersten Gäste waren bereits heute angekommen und ein schmuddeliges Gewand unterstrich nicht gerade seine gehobene Stellung in diesem Hause. Er war sich auch nicht ganz sicher, wann Dame Ermentrude eintreffen würde. Besser, er nahm gleich die saubere Ersatzkutte.

Weil Arnold selbst in Trier weilte, war Jerome beauftragt, sich um das Wohlergehen der alten Dame zu kümmern. Eine Aufgabe, um die er sich nicht riss, denn der Umgang mit ihr erforderte außerordentliches Fingerspitzengefühl.

Arnolds Tante sah ihrem sechzigsten Lebensjahr entgegen und mit jedem Jahr war sie ein wenig rechtschaffener, energischer und herrschsüchtiger geworden. Ihrem Vater, Philipp von Bolanden verdankte sie ihre Zugehörigkeit zum Hochadel. Als ihr zweiter Mann Heinrich von Kirkel im vergangenen Herbst plötzlich und unerwartet und vor allem kinderlos verstorben war, hatte er sie wohl versorgt mit irdischen Gütern zurückgelassen. Dementsprechend trat sie auf. Aber weder ihr vornehmer Vater, noch ihre beiden Ehemänner hatten eine wirkliche Dame aus ihr machen können, dachte Jerome gehässig. Selbst im Alter trug sie ihr Haar unbedeckt, mischte sich mit Vorliebe in Männerangelegenheiten und wusste nie wirklich, wann man den Mund hielt. Und leider, leider musste man auch sagen, dass ihre Frömmigkeit zu wünschen übrig ließ. Und Dame Ermentrude hatte eine scharfe Zunge.

Zwei- bis dreimal im Jahr, auch ohne besondere Anlässe, nahm Dame Ermentrude die Gelegenheit wahr, ihren Neffen Arnold auf der Siersburg zu besuchen und dessen frauenlosen Haushalt zu inspizieren. Hatte Arnold gehofft, seine Tante würde ihre Besuche mit zunehmendem Alter reduzieren, sah er sich getäuscht. Die resolute Dame scheute weder Strapazen noch Wegelagerer, wenn sie den Wunsch verspürte, die Burg heimzusuchen.

Jerome wechselte seine Kutte und war wild entschlossen, sich diesmal durch nichts von seinem Gang zur Burgkapelle abbringen zu lassen. Energisch versuchte er, sich einen Weg durch die immer dichter werdende Menge zu bahnen. Ging es schon an gewöhnlichen Tagen mehr als lebhaft auf der Siersburg zu, so herrschte zwei Tage vor einer Hochzeit ein Treiben wie in einem Bienenstock.

Es war ein warmer Maimorgen und nach anfänglichem Zögern hatte sich der Frühnebel aufgelöst. Wie Edelsteine glitzerten die letzten Tautropfen, wenn die Sonnenstrahlen sich in ihnen brachen und ein angenehmer Luftzug bewegte die Blätter von Wildrosen und Schlüsselblumen in den Gärten der Burgmannenhäuser.

Arnold hatte nicht widerstehen können, die Hochzeit seines Sohnes zum Anlass zu nehmen, ein großes Turnier zu veranstalten und so sah sich Jerome auch heute wieder einer großen Schar von Zimmerleuten gegenüber, die eifrig Tribünen errichteten für sämtliche Ritter der Umgebung und ihren Anhang. Er hatte es in Erwägung gezogen, von jedem Ritter, der am Wettkampf teilnehmen wollte, eine

Art Startgeld zu verlangen, doch man hatte ihm abgeraten, weil keiner der Planer je davon gehört hatte, dass Hochzeitsgäste für ihr Vergnügen zahlen sollten. Arnold hatte ungebührlich lange gezögert, bis er von seinem Vorhaben Abstand genommen hatte.

Die Kapelle lag in entgegengesetzter Richtung zum Wohnturm in der so genannten Marienburg. Das hieß für Jerome, dass er fast den ganzen Burghof überqueren musste, um sein Ziel zu erreichen. Ein schwieriges Unterfangen an solch einem Tag.

In der separat gelegenen Küche trieben schwitzende Köche Küchenjungen an, Mägde schleppten Körbe voller Eier, bereits eingetroffene Jongleure übten mit ihren Bällen, schwarz gekleidete Zofen klopften die Festtagskleidung ihrer Damen aus. Die Zimmerleute arbeiteten fleißig an ihren Tribünen und das Gesinde der Burgmannen schmückte deren Häuser festlich mit Teppichen und Blumengirlanden. Alles in allem herrschte eine aufgeräumte Festtagsstimmung.

Jerome hatte fast die Kapelle erreicht, als ihm einer der Maurer auffiel, der durch das Gedränge auf ihn zuhielt. Er sah aus, als habe er ein gewichtiges Problem, also versuchte Jerome so gut es ging, sich in der Menge zu ducken. Er hatte bereits den Türgriff in der Hand, als der Mann ihn stellte. Es war der Vorarbeiter.

Arnold hatte sie beauftragt, die Zisterne zu reparieren. Verschiedene Zulaufrohre, und zwar nicht nur kleine Fallrohre, die von den Dächern herunterführten, auch große Zubringer, waren verstopft und transportierten kein Wasser mehr. Viele von ihnen lagen seit Jahrzehnten brach, aber jetzt sammelte sich immer weniger Wasser in der Zisterne und selbst der sparsame Burgherr konnte das Problem der Wasserversorgung nicht mehr ignorieren. Also hatte er die Maurer bestellt. Natürlich hatte deren Bauernschläue ihnen eingegeben, dass man an Festtagen, wie einer Fürstenhochzeit, besser verköstigt würde, als an einem herkömmlichen Tag und so hatten sie immer wieder andere dringende Arbeit vorgeschoben und waren nicht erschienen, bis ihnen der heutige Tag günstig erschien.

Jerome tat, als sähe er den Mann nicht. Arnold hatte schließlich nicht ihn zu seinem Stellvertreter ernannt. Also nichts wie weg hier. Aber der Mann bekam ihn an der Kapuze zu fassen.

Die nächste halbe Stunde musste er sich das Genörgel des Mannes über den katastrophalen Zustand der Zisterne anhören.

»Hätte man mich nur früher gerufen«, klagte er. »Dann wäre noch einiges zu retten. Aber so wird es teuer werden.«

»Tatsächlich? Ich bin hier aber nicht für den Zustand der Wasserleitungen verantwortlich«, entgegnete Jerome ungnädig, der den Anschlag auf seine Person noch immer nicht verwunden hatte. »Sagt das Graf Arnold mal schön selbst.«

»Der ist aber nicht zugegen, wie ich höre. Aber Ihr seid jetzt hier. Ich wollte nur klarstellen, dass wir diese Arbeit nicht mehr für den ausgehandelten Preis machen können.«

Der Mann lamentierte noch eine Weile weiter, bis es Jerome gelang, ihn loszuwerden.

Endlich! Er betrat die Kapelle und schloss Lärm und Hektik hinter sich aus. Kein Laut drang durch die schwere Tür ins Innere des Gotteshauses.

Von allen Winkeln dieser Burg mochte Jerome diesen Ort am liebsten. Wenn er über die Schwelle trat, hatte er das Gefühl, nach Hause zu kommen und ihm wurde jedes Mal ganz leicht ums Herz.

Er durchquerte das Kirchenschiff mit den wenigen schön geschnitzten Kirchenstühlen, die für Arnolds Bequemlichkeit aufgestellt worden waren. Wie immer hob er als erstes den Blick zu den beiden verglasten Fenstern, die die beiden Schutzpatrone der Kapelle, den Heiligen Donatus und den Soldatenheiligen Sebastian zeigten. Und wieder beschlich ihn das Gefühl, dass der heilige Sebastian in seiner herrlichen Rüstung doch ein wenig zu sehr Graf Arnold glich. Aber schließlich hatte der die Fenster ja auch bezahlt und offenbar war es außer Jerome noch nie jemandem aufgefallen.

Die Morgensonne malte bunte Kringel auf die Steinfliesen, als Jerome auf den Stufen zum Altar niedersank, um seine Morgengebete zu verrichten. Er versuchte sich, von allen weltlichen Dingen frei zu machen und sich ganz der Besinnung hinzugeben.

»Ich hoffe sehr, Ihr betet gerade um eine anständigere Unterkunft für mich!«

Erschrocken fuhr Jerome zusammen. Dame Ermentrude! Wer sonst würde es wagen? Nicht zum ersten Mal fragte Jerome sich, wie eine so schwere Person sich so leise anschleichen konnte.

Noch niemand hatte sich darum kümmern können, die Kemenate für sie zu säubern und zu beheizen. Wo kam sie auch schon so früh am Morgen her? Sie musste wohl in der Nähe noch einmal übernachtet haben? überlegte er. Bemüht, sich seine unangenehme Überraschung nicht anmerken zu lassen, drehte sich der Angeredete langsam um.

»Dame Ermentrude! Ihr kommt ganz unerwartet früh, Madame! Welch eine Überraschung!« Er hoffte, dass seine Stimme nicht verlegen klang.

»Ganz recht, das war auch meine Absicht.«

»Ihr hättet einen Boten vorausschicken können.«

»Und warum sollte ich mich Tage im Voraus ankündigen«, keifte sie zurück. »Wären Eure Räumlichkeiten für Gäste stets in Ordnung, gäbe es keine bösen Überraschungen. Nicht für die Gäste und nicht für Euch. Aber es ist ja nicht einmal jemand da, um mich zu begrüßen.«

Da stand sie, die kräftigen Arme in die ausladenden Hüften gestemmt, und füllte den ganzen Türrahmen aus. Nicht in der Höhe, dafür aber in der Breite. Sie hatte sich nicht einmal die Zeit genommen, ihre staubige Reisekleidung abzulegen.

»Ich frage mich, wo sich meine Verwandtschaft herumtreibt. Offenbar nimmt man von mir hier weniger Notiz als von einem Dahergelaufenen. Aber ich komme schon zurecht. Mach sich bloß niemand unnötige Mühe. Ich habe meiner eigenen Zofe Anweisung gegeben, wenigstens den dicksten Dreck aus der Kemenate zu fegen und den Kamin beheizen zu lassen. Wenn ihr erst einmal in meinem Alter seid, Pfaffe, werdet ihr ein ordentliches Feuer auch zu schätzen wissen. Und wo steckt mein nichtsnutziger Neffe? Inspiziert wohl gerade wieder den Weinkeller?«

Jerome kratze den letzten Rest seiner Würde zusammen und sah ihr fest in die stahlgrauen Augen.

»Nein, Madame! Der Graf ist in wichtigen politischen Angelegenheiten unterwegs nach Trier. Ich bin mir aber sicher, wenn er gewusst hätte, dass Ihr schon heute...«

»Ach?« Die Gewitterstimmung wich aus Dame Ermentrudes aristokratischen Zügen und machte Interesse, um nicht zu sagen unverhohlener Neugier, Platz..

»Wichtige politische Angelegenheiten, sagt Ihr?« Mit einem Schlag war die alte Dame die Freundlichkeit selbst. »Wisst Ihr was, mein lieber Jerome«, flötete sie, »ich habe da einen ausgezeichneten Burgunder in meinem Gepäck. Sicher werdet Ihr mir die Ehre erweisen und ein Schlückchen mit mir trinken. Nach der beschwerlichen Reise lechze ich geradezu nach etwas Ruhe und Unterhaltung.«

Damit hakte sie sich bei dem großen Mann unter und zog ihn zur Tür hinaus, wobei sie geflissentlich seine missbilligend hochgezogenen Augenbrauen übersah. Ihr war es egal, was die Leute dachten, wenn sie Arm in Arm mit einem Priester über den Hof ging. Wie eine Galeere teilte sie die Menge im Burghof und schleifte Jerome neben sich her. Die kleine, rundliche, durch und durch aristokratische Dame mit der immer etwas schief sitzenden grauen Haarkrone und der große, schlaksige Priester ernteten mehr als einen amüsierten Blick. Jeder konnte sehen, wie peinlich es dem Kaplan war, dass die Tante des Grafen sich bei ihm eingehängt hatte. Fest an seinen Arm geklammert schleifte sie ihn in Richtung Wohnturm.

Dame Ermentrudes Gefolge hatte sich bereits daran gemacht, den schweren Reisewagen ihrer Herrin zu entladen und die Packpferde von ihrer Last zu befreien. Die Anzahl der Truhen, in denen sich ihre Habseligkeiten befanden, ließ keinen Zweifel daran, dass es ein längerer Aufenthalt werden würde. Entschlossen stieg sie die schmale Stiege zu dem hoch gelegenen Eingang empor.

Ermentrude ließ Burgunder bringen und zwei edle Zinnbecher. Jerome konnte nur hoffen, dass sie über die wenigen Informationen, die er ihr über Arnolds Mission geben konnte, nicht enttäuscht sein würde.

Mit der wirklich großen Politik hatte die Siersburg nur noch wenig zu tun. Die Mission, die Arnold jetzt nach Trier führte, war von geringerer Bedeutung. Die Erzbischöfe von Trier gaben den Zugriff auf die strategisch so günstig gelegene Siersburg nicht auf und zwangen die Herzöge von Lothringen immer wieder, dieselbe von ihnen zu Lehen zu nehmen und ihre Oberlehensherrlichkeit anzuerkennen. Die Herzöge ihrerseits versuchten, die lästigen Bischöfe abzuschütteln, was zu regelmäßigen Zwistigkeiten führte. Und dem neuen, ungeliebten Arnold von Isenburg wollte Mathäus von Lothringen schon gar nicht den Lehenseid schwören. Also waren es auch diesmal wieder die Herren der Siersburg, die mit eigenem Geld und diplomatischem Geschick das Schlimmste für ihre Burg vermeiden mussten.

Jerome war zuversichtlich, dass es auch diesmal gelang, die Fehde ohne Blutvergießen beizulegen. Fehden waren nach altgermanischem Recht noch immer ein legitimes Mittel, Rechte durchzusetzen. Aber genauso legitim und längst nicht mehr ehrenrührig war es, sich mit Hilfe finanzieller Mittel freizukaufen. Wenn man das Temperament der lothringischen Herzöge bedachte, war dies eine hervorragende Einnahmequelle, nicht nur für die Erzbischöfe.

Während Jerome eifrig Ermentrudes Burgunder schlürfte und seine Informationen über den neuesten Stand der politischen Lage zwischen Lothringen und Kurtrier preisgab, hatten die Maurer damit begonnen, die Zuleitungen zur Zisterne freizulegen.

Hatte Bruder Jerome ihr Hämmern anfangs noch als lästig empfunden, so tat jetzt Dame Ermentrudes Wein seine Wirkung und stimmte ihn friedlicher. Die Dame schenkte immer wieder großzügig seinen Becher voll. Keiner von beiden achtete auf den Tumult, der losbrach, als die Maurer jene schauderhafte Entdeckung machten.

Kapitel 2

Arnulph hatte sich auf seinen Lieblingsplatz hoch oben auf dem Wohnturm zurückgezogen, um allein zu sein. Hier oben hatte er einen herrlichen Blick über die bewaldeten Hügel Lothringens, über die Saarstraße, die krumme Meil und die Niedtalstraße. Und auf eben dieser Straße machte er schon von weitem den Reisewagen seiner Großtante Ermentrude aus. Die Eskorte trug ihre Livree und ihr Banner wurde voraus getragen. Es konnte niemand anderer sein.
Arnulph mochte seine Tante, doch heute hatte er andere Dinge im Kopf, als sich mit dieser eigensinnigen, wenn auch in gewisser Weise doch liebenswerten und mit Sicherheit herzensguten Frau abzugeben. Morgen vielleicht! Wenn er sich beeilte, konnte er es noch schaffen, ihr zu entkommen. Jerome war ja da. Er würde sich gerne um sie kümmern.

In Windeseile stellte er eine leicht bewaffnete Eskorte zusammen, ließ die Pferde satteln und war fort, ehe ihn irgendjemand aufhalten konnte. Wohl erwartete man seine Braut nicht vor dem Abend, aber es konnte auf keinen Fall schaden, wenn er Binzela entgegenritt.

Er freute sich auf Binzela. Er kannte seine Braut nicht sonderlich gut, aber wer konnte das schon von sich behaupten. In seinen Kreisen wurden Ehen arrangiert, nicht aus Liebe geschlossen. Man heiratete, weil die Ländereien beider Familien so günstig beieinander lagen, weil es aus politischen Gründen ratsam war oder einfach des Geldes wegen. Es wurde mehr auf die Mitgift der Braut geachtet, denn auf ihre Schönheit. Aber alles in allem war Arnulph recht zufrieden. Es hätte ihn schlechter treffen können.

Auch in der Vorburg und im Dorf trafen die Bewohner Vorbereitungen für Binzelas Einzug. Sie schmückten ihre Häuser und Katen mit einer geradezu verschwenderischen Menge bunter Frühlingsblumen und selbst gewebten Teppichen. Schon seit Tagen gaben sie sich Mühe, die Wege zu säubern und Ehrenpforten den gesamten Siersberg hinauf zu errichten.

Es hätte den Anforderungen vollkommen genügt, wenn Arnulph Binzela nur bis Rehlingen entgegengeritten wäre. Aber er wollte nicht als Erster mit Großtante Ermentrude zusammentreffen. Sie würde gerade jetzt, vor seiner Hochzeit, wieder einen ganzen Sack mit guten Ratschlägen für ihn bereithalten. Sollte der gute Jerome ihr erst einmal den Wind aus den Segeln nehmen. Bis er zurückkehrte, würde sie auch ihre Kritik bei dem guten Jerome los geworden sein. Und zu kritisieren hatte sie ja immer etwas.

Und so hatte Arnulph mit seiner Eskorte bereits die Saar überquert, bevor seine Tante Rehlingen überhaupt erreichte. Und Jerome hatte nichts von seiner Flucht bemerkt! Ehe er überhaupt gewahr wurde, dass Arnulph sich davon gemacht hatte, saß er bereits bei Dame Ermentrude in der Kemenate im obersten Stockwerk des Pallas. Vielleicht wäre es das Beste, gleich klarzustellen, dass er ihr nicht uneingeschränkt zur Verfügung stehen könne. Doch wie anfangen, ohne gleich ihren Ärger zu erregen.

Während sich Ermentrude gegenüber Jerome auf der gut gepolsterten Fensterbank bequem machte, dirigierte ihre Zofe Mechthild eine Herde schnatternder Mägde, die mit ihren Eimern und Tüchern den ganzen Raum auszufüllen schienen. Sie hatten das schön verglaste Fenster, an dem sie saßen, frisch geputzt und aus den übrigen das Öl getränkte Pergament entfernt. Das Sonnenlicht fiel jetzt in schmalen Streifen in den Raum, in denen Millionen von Staubkörnchen tanzten. Auf Tischen und Truhen hatten die Frauen sorgfältig geglättete Leinentischdecken ausgebreitet, Wandteppiche ausgeklopft und modrige, alte Binsen gegen frische ausgetauscht. Ein angenehmer Duft nach getrocknetem Lavendel erfüllte den Raum.

»Bring uns noch einen Schlauch Burgunder aus meinem Gepäck und dann scheuche die Frauen hinaus! Wir möchten nicht länger gestört werden.« Dieser Befehl war an Mechthilds Adresse gerichtet. Mit einem Knicks kam sie der Aufforderung unverzüglich nach.

Die spindeldürre Zofe mochte die dreißig schon um einige Jährchen überschritten haben. Die strenge, schwarze Kleidung und der zusammengekniffene Mund gaben ihrem Aussehen etwas Sauertöpfisches.

Vielleicht kommt ihr missmutiges Wesen auch daher, dass sie nie geheiratet hat, dachte Jerome. *Sicherlich schlechte Erfahrungen in der Jugend. Immerhin hatte sie ihr Leben ganz und gar Ermentrudes Wohlergehen geopfert, seit die sie vor vielen Jahren in ihre Dienste genommen hatte. Da wurde man wohl so.*

Kaum war die Zofe mit ihrer Herde über die schmale Wendeltreppe verschwunden, als die Dame vertraulich ihre ausladenden Formen näher rückte.

»So, nun können wir offen sprechen. Ihr behauptet also, Herzog Mathäus habe wieder einmal versucht, sich seiner Lehnspflichten dem Erzbischof gegenüber zu entziehen. Könnte es mit der bevorstehenden Hochzeit zu tun haben?«

»Warum sollte es? Ihr wisst sicherlich von den Zwistigkeiten des Herzogs mit Arnold von Isenburg. Schließlich war es niemand anderer als Mathäus von Lothringen, der alle, die er auf seine Seite ziehen konnte, davon überzeugte, dass Arnold nicht der richtige Mann für das Amt des Erzbischofs sei. Er war es auch, der sie überredet hat, einen Gegenkandidaten aufzustellen. Vor dieser Aktion war die Wahl des Dompropstes beschlossene Sache. Er hatte das Domkapitel bis zum letzten Mann auf seiner Seite. Und dann warf der Herzog plötzlich diesen Rudolf von der Brücke ins Rennen. Verständlich, dass Arnold noch immer etwas außer sich ist.«

Dame Ermentrude schlürfte genüsslich an ihrem Burgunder. »Ja, ich habe natürlich davon gehört. Wer hätte das nicht. Meines Erachtens liegt sein Scheitern aber nicht daran, dass ein Gegenkandidat aufgetaucht ist. Vielmehr glaube ich, er war mit seinen Zuwendungen an die einzelnen Wahlberechtigten ein wenig sparsam. Er wird mit Geld und Versprechungen nicht so verschwenderisch gewesen sein, wenn er glaubte, keine Konkurrenz zu haben. Aber wie dem auch sei, Rudolf von der Brücke ist zurückgetreten und hat den Weg für ihn frei gemacht.«

»Ja, nachdem ihm dieser Weg reichlich vergoldet wurde.«

»Nun seid doch nicht gehässig, mein Lieber. So läuft das nun mal. Es geht immer nur um Geld. Oder glaubt Ihr, Arnold von Isenburg möchte aus reiner Gottgefälligkeit auf dem Stuhl des Erzbischofes sitzen? Seid nicht blauäugig.«

»Aber nachdem er nun hat, was er will, könnte er Ruhe geben.«

»Hat er das? Ihr überrascht mich immer wieder. Es ist allgemein bekannt, dass weder der Lothringer noch die Grafen von Luxemburg sich so ganz von ihrem Kandidaten verabschieden wollen. Unter einem Erzbischof Arnold können sie ihre eigenen Interessen niemals so effektiv vorantreiben, wie sie das unter Rudolf gekonnt hätten. Und um Arnold zu ärgern, verweigern sie ihm nun wieder einmal den Lehenseid für die Siersburg. Nicht zum ersten Mal.«

»Natürlich könntet Ihr Recht haben, Madame. Aber die Siersburg ist ja nicht erst gestern und heute ein Streitobjekt für diese beiden Parteien.«

»Ja, ja, ich weiß. Immerhin hat sich der letzte Erzbischof nicht gescheut, den Lothringer mit einem gewaltigen Heer vor den Toren dazu zu überreden, seine Oberlehensherrlichkeit anzuerkennen. Diese Männer Gottes überraschen mich immer wieder, mit welchen unchristlichen Mitteln sie ihre Wünsche unterstreichen. Und dieser hier wird es nicht anders machen.«

Der Erzbischof hatte seinerzeit seinen Willen durchgesetzt und für die Siersberger hatte dies nichts anderes bedeutet, als dass sie seit jener Zeit Afterlehensleute waren. Sie hatten den Herzögen von Lothringen zu huldigen und die hatten ihrerseits den Erzbischöfen von Trier gegenüber Lehnspflichten. Kein Wunder, wenn die Herzöge sich immer wieder gegen den Erzbischof auflehnten.

Dame Ermentrude schüttete noch Wein nach.

»Aber nun ist mein Neffe ja da, um die Wogen zu glätten. Wir sollten uns keine Sorgen machen, bevor man uns vor vollendete Tatsachen stellt. Es gibt ja noch so viele andere wichtige Dinge zu bereden, nicht wahr?«

Erleichtert stellte Jerome seinen Becher aus der Hand und wollte aufstehen.

»Oh ja, Madame, Ihr sagt es. Es ist fast Zeit für meine Mittagsgebete und...«

»Unsinn, Kaplan. Ihr wisst genau, dass ich das nicht meine. Setzt Euch und erzählt mir von Arnulphs Braut. Und vor allem von der Höhe ihrer Mitgift. Ich weiß, dass Ihr hier den Schreibkram erledigt. Also sagt mir nicht, ihr wisst nicht Bescheid.«

Ermentrude scheute sich wahrlich nie vor direkten Fragen. Jerome konnte die unbändige Neugier in ihren grauen Augen sehen. Er hätte es ihr auf den Heller genau sagen können, aber er hatte trotz ihres teuren Weines nicht vergessen, wie sie ihn heute Morgen überfallen hatte.

»Tut mir Leid, Madame aber darüber weiß ich nichts genaues. Ich bin mir sicher, wenn Arnold zuruck ist...«

»Ja, ja, schon gut!« Ermentrude winkte ärgerlich ab. Sie würde es schon noch erfahren. »Dann erzählt mir wenigstens, was ihr sonst noch über die Kleine wisst. Ich hörte, beide Eltern seien tot?«

Wieder eine der Fragen, die Jerome lieber nicht beantwortet hätte.

»Ganz recht, sie fielen einem... äh... Unfall zum Opfer.«

Die nach oben schnellende Augenbraue sagte Jerome, dass sie davon offenbar nichts gewusst hatte. Es war ratsam, schnell weiterzureden, wenn er nicht bis ins kleinste Detail über dieses Unglück ausgefragt werden wollte. Er hatte die alte Dame schon beschwindelt, was die Mitgift anging. Natürlich wusste er Bescheid. Die Verhandlungen und vor allem das Feilschen um Binzelas Mitgift hatten Monate in Anspruch genommen, wobei es Jeromes Aufgabe war, den gesamten Schriftverkehr zu führen. Er hatte all sein diplomatisches Talent darauf verwenden müssen, Arnolds mehr als direkte Ausdrucksweise in eine blumige Sprache zu übersetzen, so dass Binzelas Vormund sich nicht vor den Kopf gestoßen fühlte. Wenn Ermentrude jetzt genaues darüber wissen wollte, sollte sie Arnold fragen. Er jedenfalls würde nichts ausplaudern. Nicht aus Verschwiegenheit oder

Solidarität dem Burgherrn gegenüber. Er wusste, dass Arnold nur wenige Geheimnisse vor ihr hatte. Sein Schweigen war einfach seine Rache für den Überfall heute Morgen. Und mit Arnulph würde er auch noch abrechnen. Wäre er nicht verschwunden, könnte er hier Rechenschaft ablegen.

»Binzela ist gerade achtzehn Jahre alt geworden«, erzählte er und rückte dabei auffällig seinen leeren Becher in die Nähe des Weinkruges. Ermentrude übersah es geflissentlich. Wenn dieser Mann so weitermachte, war er betrunken, bevor sie etwas wirklich Interessantes von ihm erfahren hatte.

»Ja, ich hörte, dass sie noch recht jung sei. Ich kann allerdings nur hoffen, sie besitzt genug Energie, um hier das Ruder zu übernehmen. Vielleicht sollte ich mich darauf einrichten, für einige Zeit hier zu bleiben, um das Kind ein wenig zu unterstützen.« Ein gehässiger Blick ging in Jeromes Richtung. »Was haltet Ihr davon?«

Jerome blieb vor Schreck fast das Herz stehen. Wenn das also die Aussichten für diesen Sommer waren, dann gute Nacht. Eine Frau im Hause zu haben, würde sich schon als schwierig genug erweisen, aber zwei davon...! Vor allem, wenn eine davon Ermentrude war. Binzela würde schon für sich allein ein Problem darstellen. Er hatte sie nur zweimal gesehen. Sie war eine fade Person. Das blonde Haar wirkte trotz des teueren Schmuckes ungepflegt und stumpf. Ihr Gesicht war blass und ihre wasserhellen Augen schienen ihm eine gewisse skrupellose Habgier an den Tag zu legen, wie er sie noch nie bei einer so jungen Frau gesehen hatte.

Jerome hatte sie von Anfang an nicht gemocht. Eine Antipathie, die offenbar auf Gegenseitigkeit beruhte. Binzela hatte es bei beiden Besuchen fertig gebracht, so zu tun, als sei Jerome gar nicht vorhanden. Aber Arnulph war sehr angetan von ihr. Der arme Junge! Na, dem würden die Augen auch noch aufgehen. Doch hatte das junge Ding Dame Ermentrude im Rücken, konnte nicht viel Gutes dabei herauskommen..

»Ich denke nicht, dass Ihr Euch diese Mühe machen müsst,

Madame. Das Fräulein von Randeck ist hervorragend erzogen worden und auch mit allen häuslichen Arbeiten vertraut und sie...«

»Nein, Bruder«, entgegnete sie entschieden. »Es ist nicht mehr und nicht weniger als meine verdammte Christenpflicht, dem Kind unter die Arme zu greifen. Ihr als Mann habt ja gar keine Ahnung, wie dieses Mädchen sich fühlen muss, wenn sie hier ankommt. Fremd, einsam und niemand, der ihr erklärt, was sie zu tun hat, welche Arbeiten und Pflichten auf sie zukommen. Es ist nur recht und billig, wenn ich das übernehme.«

Vor allem wird Binzela bald ihre Rechte hier kennen, dachte Jerome.

»Ich entsinne mich noch deutlich, wie Arnold seine Elisabeth heiratete«, erinnerte sich Dame Ermentrude. »Die beiden konnten froh sein, dass ich ihnen damals so aufopferungsvoll unter die Arme gegriffen habe. Gedankt haben sie es mir ja nie, aber was soll's? Der Herrgott wird mir meine Güte irgendwann lohnen.« Ermentrude seufzte laut in Gedanken an ihre eigene Mildtätigkeit. »Ohne mich hätte Arnold nicht einmal gemerkt, dass Philipp von Itzbach, dieser Schmutzfink, der armen Elisabeth nachstellte, kaum dass sie hier im Hause war. Machte ihr sogar schmutzige Anträge. Dabei hatte er zu dieser Zeit selber Frau und Kind. Der schreckt doch tatsächlich vor nichts zurück. Und bei Binzela wird er es auch versuchen. Besser ich bleibe hier.«

»Philipp von Itzbach war verheiratet?«

»Ja natürlich! Wusstet Ihr das nicht? Nein, ich glaube, das muss vor Eurer Zeit gewesen sein. Die Arme hatte nichts zu lachen bei Philipp. Mehr Prügel als Brot zu essen. Aber die ist ihm nichts schuldig geblieben, kann ich Euch sagen und irgendwann ist sie abgehauen.« Jerome konnte förmlich hören, wieviel Genugtuung Dame Ermentrude darüber empfand, dass diese Frau die Flucht ergriffen hatte. »Sie war dann einfach fort und keiner durfte sich erlauben, darüber zu reden, wenn er keinen cholerischen Anfall bei Philipp hervorrufen wollte.«

Jerome nickte. »Dann war er also damals schon der gleiche

Unruhestifter wie heute?«

»Selbstverständlich! Menschen ändern sich nicht. Wenn Ihr erst einmal so alt seit, wie ich, werdet Ihr das auch begriffen haben. Philipp hat nichts als ein großes Maul. Dieser Giftzwerg!«

Auch wenn die ungehobelte Ausdrucksweise nicht zu Jeromes Wortschatz gehörte, musste er ihr Recht geben. Philipp war kaum fünf Fuß groß und vom unmäßigen Essen fett geworden. Mit seinen zu kurzen Beinen kam er auf kein Pferd ohne fremde Hilfe und im Kampf hatte er sich schon früher nicht hervorgetan. Er lebte nur dafür, Unruhe zu stiften und Streit unter seinen Mitmenschen zu schüren. Natürlich so, dass für ihn kein persönlicher Schaden entstehen konnte. Und war er auch ein Niemand, Phillip trat auf, wie ein großer Herr, schmückte sich gerne mit fremden Federn, schmeichelte in Ekel erregender Weise überall dort, wo er sich einen Vorteil davon versprach. Trotz aller Anstrengungen hatte er es nie weiter als bis zu einem einfachen Burgmannenhaus gebracht. Schon der alte Herzog hatte ihn damit belehnt und Mathäus hatte ihm dieses Lehen nie entzogen. Wie Ermentrude gerade verbittert feststellte.

»Aber er hat ihn auch von jeher bei allen Beförderungen übergangen. Und das, obwohl er sich gerade dem Herzog gegenüber mächtig ins Zeug legt. Nur ist er blöde genug, sein Maul laufen zu lassen, wenn er denkt, Mathäus sei ja weit weg. Dass der seine Augen und Ohren überall hat, kommt Philipp gar nicht in den Sinn. Ich brauche Euch ja sicher nicht zu erklären, wie blöde der Kerl ist.«

Die anderen Ritter und Burgmannen verachteten ihn ob seiner Schmeicheleien bei Höhergestellten. Solange zumindest, bis sie sein Jähzorn traf. Es gab nur wenige auf der Burg, die noch nicht mit diesem cholerischen Zwerg aneinander geraten waren. Selbst Jerome gegenüber konnte er sich manchmal dummer Bemerkungen nicht enthalten, obwohl den Priester Phillips Gottesfurcht, wie sie feigen Menschen oft zu Eigen ist, vor schlimmeren Grobheiten schützte.

Ermentrude nahm einen kräftigen Schluck aus ihrem Becher und schürzte voller Verachtung ihre Lippen.

»Ich weiß bis heute nicht, wieso der Kerl noch immer hier ist. Dauern zettelt er Streitereien an. Und jedes Mal ist er der arme Verfolgte, der ja gar nichts dazu kann. Da gehört schon ein gewisses Talent dazu.« Die Dame schnaubte abfällig. »Noch dazu, wo ihn doch jeder kennt und um seine streitsüchtige Natur weiß. Nein, mein Lieber«, setzte sie energisch hinzu, »ich werde hier bleiben, um die kleine Binzela gleich im Umgang mit solchem Pack zu unterweisen.«

Und damit war die Zukunft besiegelt. Sicher war Philipp von Itzbach eine Ausnahme, was Dreistigkeit und Falschheit anging. Die meisten würden Binzela Achtung und Anstand entgegenbringen. Aber wenn die junge Burgherrin von einem leibhaftigen Drachen bewacht würde, konnte ihr garantiert kein Leid geschehen. Und wenn Ermentrude dann eines Tages wieder in ihre heimatlichen Gefilde entschwand, würde Dame Binzela genug gelernt haben, um sie als Hausdrachen voll und ganz zu ersetzen. Und dann...

Jerome verbot es sich, diesen schrecklichen Gedanken zu Ende zu denken. Es war nicht gut für seinen Seelenfrieden. Vielleicht sollte er Bruder Vitalis bei Gelegenheit aufsuchen, um sich aus Baldrianwurzel diese wundervolle Arznei herstellen zu lassen, die bei Angstzuständen wahre Wunder bewirkte.

Arnolds Tante hatte sich so in Wut geredet, dass sie nicht mehr stillsitzen konnte. Sie war aufgesprungen und hatte die Kemenate mit wütenden Schritten durchmessen. Ermentrude war so außer sich, dass Jerome sich fragte, ob nicht vielleicht mehr dahinter steckte. War es möglicherweise etwas persönliches, was die Dame derart gegen Philipp von Itzbach aufbrachte? Sicherlich war es nicht nur die Schlechtigkeit der Männer. Und Philipp stand gesellschaftlich so weit unter ihr, dass sie ihn nicht einmal hätte wahrnehmen müssen.

Dame Ermentrude hatte auf ihrer wütenden Wanderung das Fenster erreicht, welches einen Blick in den Burghof gewährte. Die kräftigen Arme vor der ausladenden Brust verschränkt, blieb sie dort stehen und warf böse Blicke in den Hof hinunter.

»Seht mal, Jerome!«, sagte sie plötzlich überrascht. »Alle da unten rennen in dieselbe Richtung. Zum Brunnenhaus. Ich glaube, dort unten ist etwas passiert.«

Der Priester wollte sich gerade anbieten, nachzusehen, aber die Dame war schneller als er ihr zugetraut hätte. Jerome konnte ihr kaum folgen. Wenn das Brunnenhaus der Schauplatz des Tumults war, bestand die Möglichkeit, dass einem der Maurer ein Leid geschehen war. Vielleicht hatte der Herrgott sie umgehend bestraft für die Gemeinheit von heute Morgen.

Es waren tatsächlich die Maurer. Aber so wie es aussah, war keiner von ihnen zu Schaden gekommen. Leider, dachte Jerome gehässig. Er hätte es jedem einzelnen gegönnt.

Die Arbeiter lamentierten laut über etwas, das sie offenbar aus einem der Wasserrohre gezogen hatten und das jetzt dort am Boden lag. Jerome drängte sich näher. Als er den Grund des Aufruhrs sah, schnappte er nach Luft und auch die sonst so schlagfertige Ermentrude brachte vor Schreck kein Wort heraus. Vor ihnen lag die mumifizierte Leiche einer Frau.

Kapitel 3

Auch anderenorts beschäftigte man sich an diesem lauen Frühlingstag mit den Bewohnern der Siersburg. Der kleine rothaarige Mann war bereits seit Tagen unterwegs. Eigentlich hatte er über die Grenze ins Luxemburgische gewollt, in der Hoffnung seine Börse dort etwas auffüllen zu können. Doch dann hatte der Zufall ihm in die Hände gespielt. In einem der vornehmen Häuser im Trierer Land war der umherziehende Spielmann hocherfreut aufgenommen worden. Die Dame des Hauses war begeistert von seinen Darbietungen und hatte eigens ein Fest gegeben. Und dort hatte ihn dann dieser Mann angesprochen. Heimlich und hinter vorgehaltener Hand hatte er sich erkundigt, ob Ranulf bereit sei einen gewissen Auftrag anzunehmen. Gegen gute Bezahlung natürlich. Ranulf hatte eingewilligt.

Der Auftrag war einfach. Der Spielmann sollte zur Siersburg reisen und sich dort als Unterhalter bei der bevorstehenden Hochzeit verdingen. Für einen Mann mit seinen Fähigkeiten ein leichtes Unterfangen. Und ganz nebenbei sollte er für diesen schwarzgekleideten Fremden gewisse Informationen sammeln.

Eigentlich hätte der Spielmann gerade diese Burg lieber gemieden. Was war, wenn man ihn erkannte? Aber andererseits, nach so langer Zeit... Der Winter war lang gewesen und die Lage schlecht. Diejenigen, die es sich hätten leisten können, Feste zu feiern, denen stand nicht der Sinn danach und Ranulf hatte mehr als einen Tag gehungert. Und nun stellte dieser Fremde ihm einen Beutel voller Münzen in Aussicht für ein paar simple Informationen. Ein Drittel davon gar im Voraus. Also überwand der Spielmann seine Bedenken und nahm an. Wenn die Sache doch zu heiß wurde, konnte er immer noch mit der Vorauszahlung verschwinden.

Ranulf machte sich zum vereinbarten Termin auf den Weg.

In einem der Gasthäuser am Seffersbach hatte er noch einmal übernachtet und seiner alten Mähre eine Pause gegönnt. Mit soviel Geld in der Tasche konnte er sich ein Gasthaus leisten, dazu eine gute Mahlzeit und einen frischen Humpen Bier. Ein seltener Luxus.

»Ihr werdet dort sicher gute Geschäfte machen«, meinte der Wirt geschwätzig. »Gaukler und Spielleute aller Art werden dort sein. An solchen Tagen sparen sie nicht, die feinen Herren.«

»Gewiss«, antwortete Ranulf einsilbig, zahlte die viel zu hohe Rechnung ohne zu feilschen und machte sich noch im Morgengrauen auf den Weg.

Der führte ihn am Fluss entlang. Schwer beladene Boote trieben mit der Strömung in Richtung Merzig und Trier, während andere auf Leinpfaden mit Pferden flussaufwärts gezogen wurden. Zahllose Zollstellen behinderten ihr Fortkommen. Rechts und links des Flusses türmten sich bewaldete Hügel auf. Graureiher standen reglos an den Ufern und schossen von Zeit zu Zeit blitzschnell in die grün-braunen Fluten, um mit einem Fisch im langen Schnabel wieder aufzutauchen. Eine Entenfamilie ließ sich träge auf und ab schaukelnd flussabwärts treiben und einige Fischer versuchten ihr Glück mit Weidenruten.

Er kam gut voran. Die Straße war ordentlich geschottert. Der Regen der letzten Tage hatte dem Belag nichts anhaben können. Dann und wann begegneten ihm Kaufleute und Pilger. Die meisten waren jedoch mit dem gleichen Ziel wie er unterwegs. Schon bevor er das kleine Bauerndorf Fickingen erreichte, konnte er den mächtigen Bergfried der Siersburg hoch über der Saar erkennen. Protzig stand er dort in luftiger Höhe, den Zusammenfluss von Saar und Nied bewachend. Die wehrhaften Mauern verbargen sich noch seinem Blick.

Die Sonne stand bereits hoch am Himmel, als er bei Rehlingen über die Saar setzte. An der Fähre herrschte reger Betrieb. Der Fährmann verlangte, ermutigt durch den ungewöhnlichen Andrang, einen wahrhaft unverschämten Preis für die Überfahrt, doch Ranulf war heute nicht zum

Feilschen aufgelegt. Also zahlte er und schwieg. Die Auslagen würden sich lohnen.

Anders als die Straße an der Saar entlang, war der steile Zufahrtsweg zur Burg stellenweise völlig aufgeweicht und Ranulf musste häufig vom Bock herunter und seine alte Schindmähre am Zügel führen. Einige Dorfbewohner versuchten, die Pfützen auf die Schnelle mit Reisig trockenzulegen, andere waren noch immer dabei, Ehrenpforten für die zu erwartende Braut aufzustellen. Der Spielmann beachtete sie nicht. Er war mit seinen Gedanken bereits in der Burg. Noch eine letzte Biegung und er stand vor dem mächtigen Tor.

Die Zugbrücke war einladend heruntergelassen und der Torwächter, ein beleibter, älterer Mann, winkte ihm nur freundlich zu und deutete ihm, zu passieren.

Der Spielmann war sehr zufrieden. Die erste Hürde war genommen. Es wurden offensichtlich keine großartigen Kontrollen durchgeführt. Wie nachlässig! Ein fahrender Sänger mehr oder weniger erregte kein Misstrauen. Ohnehin herrschte ein beispielloser Trubel, außerhalb wie innerhalb der Mauern. Niemand schenkte dem Neuankömmling Beachtung.

Seine klapprige Karre überwand den Graben und passierte das wuchtige Torhaus. Ranulf bewunderte die schweren Torflügel, die durch Beschläge und eine Auflage aus Eisenblech gegen Brand und Stoß gesichert waren. Sie mussten erst in letzter Zeit angebracht worden sein, genau wie das schwere Fallgitter. Er sah es zum ersten Mal. Niemand hier konnte die Burg ohne den Willen der Bewohner betreten oder verlassen, soviel stand fest. Und selbst heute waren mehrere Wachen auf dem Wehrgang unterwegs.

Vom äußeren Tor gelangte er in die Vorburg, ein auf einem niedrigeren Plateau gelegenes Areal. Sie lag zwischen dem inneren und äußeren Bering. Diese beiden Ringmauern dienten der aktiven Verteidigung der Burg. Sie waren so konstruiert, dass sie weder untergraben noch überstiegen werden konnten, ohne dass die Angreifer zahlreiche Verluste hinnehmen mussten. Auf der Mauer war ein Wehrgang mit

Zinnen angelegt. Ranulf konnte auch hier zahlreiche Patrouillen sehen.

In der Vorburg lagen die Ställe und Wirtschaftsgebäude der Burg und zwischen ihnen lagerten bereits duzende von Händlern, Wahrsagern und Gauklern.

Ranulf, der Spielmann, beschloss, sich mitten unter sie zu mischen. In der Menge, zwischen Seinesgleichen, fiel er am wenigsten auf. Ranulf suchte für seinen Wagen einen geschützten Platz an der Mauer, direkt neben einem Amulettverkäufer. Freundlich nickte er dem Mann zu, während er sein Pferd ausschirrte. Er band das Tier hinten an seinem Wagen fest, versorgte es mit Wasser und hängte ihm einen Hafersack um den Hals. Dann verschwand er im Wagen.

Als er nach einiger Zeit wieder zum Vorschein kam, traute der Amulettverkäufer seinen Augen nicht. Der schmuddelige kleine Mann hatte seine zerlumpte Reisekleidung gegen eine feine hirschlederne Hose getauscht und trug ein ebensolches Wams über einem sauberen Leinenhemd. Das struppige, brandrote Haar hatte er zu einem ordentlichen Zopf gebunden und sogar sein spärlicher, dünner Bart war ordentlich gestutzt. Im Arm trug er eine kleine Laute, deren oberes Ende bunte Bänder zierten. Spielerisch schlug er einige Saiten an und lachte dem verblüfft dreinschauenden Amulettverkäufer zu.

»Ich habe da eine hervorragende Seife, direkt vom französischen Hof importiert. Die bewirkt dieses Wunder«, flüsterte Ranulf dem Mann im Vorbeigehen zu. »Wenn ihr ein Stück haben wollt... Nun, sie ist nicht ganz billig, aber...«

Der Amulettverkäufer wollte natürlich, denn es konnte auch seinem Geschäft nicht schaden, wenn er gut aussah. Nur für den Fall, dass einige junge Damen zu ihm kommen und seine Amulette bewundern würden.

Schnell war ein wertloses Stück Seife gegen gutes Geld getauscht und beide Seiten waren hoch zufrieden. Kaum war Ranulf fort, verschwand der Amulettverkäufer mit Seife und Rasiermesser in seinem Wagen.Durch ein weiteres Tor erreichte der Spielmann die Kernburg. Unmittelbar links hinter dem Tor war die Wache untergebracht, ein niedriges, in die innere Mauer eingelassenes Gewölbe. Der Raum hatte nur Kopfhöhe, ein Fenster und eine Tür auf der Seite zum Hof. Zwei Schießscharten auf der gegenüberliegenden Seite ließen eine Kontrolle der Vorburg zu, ohne dass man die Wachstube verlassen musste. Gleich neben der Eingangstür lag der Eingang zur Waffenkammer, schwer verriegelt und immer im Blickfeld des Wachhabenden. In der Tür zur Wachstube stand ein junger Soldat, der den Neuankömmling eindringlich musterte.

Ranulf erschrak, als er sich dessen bewusst wurde, rief sich aber gleich wieder zur Vernunft. Dieser Mann konnte ihn nicht kennen, dafür war er zu jung. Es war eher die ältere Generation, vor der er sich in Acht nehmen musste, wenn überhaupt.

»Seid gegrüßt«, rief er dem jungen Mann zu. »Ich hoffe, es gibt hier Arbeit für einen fahrenden Sänger.«

»Was weiß ich«, antwortete der unwirsch. »Auf einen mehr oder weniger kommt es heute wohl nicht an.«

Mit einer unfreundlichen Kopfbewegung winkte er Ranulf weiter. Diesen leichten Anstieg vom Tor in den Burghof kannte er. Auch alles andere war hier, wie er es in Erinnerung hatte. Rechts von ihm erhob sich der mächtige Bergfried, der wehrhafteste Turm der Burg, mit dem Gefängnis, den Vorratskammern, mit dem Rittersaal und der Kemenate für die Frauen. Der Eingang lag so hoch, dass er nur über eine schmale Stiege erreicht werden konnte, die man im Ernstfall hochziehen und den Bergfried so fast uneinnehmbar machen konnte.

Links des mächtigen Turmes schlossen sich mehrere Burgmannenhäuser an. Schmale, hohe Häuser, zirka zwanzig Fuß im Geviert groß, an ihrer Rückseite nur mit kleinen Schießscharten im obersten Stockwerk versehen, bildeten sie einen Teil des inneren Beringes. Vor allem eines der Häuser, das den anderen gegenüber eher verwahrlost schien, erregte sein Interesse. Als der grauhaarige Besitzer dieses Hauses am Fenster erschien, wandte der Spielmann sich abrupt ab und tauchte in entgegengesetzter Richtung in der Menge unter.

Überall herrschte reges Treiben. Dralle Mägde mit Körben voller Lebensmittel drängten sich zwischen Männern mit Weinkrügen. Amulettverkäufer aus dem Lothringischen und Edelsteinverkäufer aus Tholey, Tuchhändler und Wunderheiler schlugen einträchtig nebeneinander ihre Stände auf. Ranulf schmunzelte, als er einen Stand des Busendorfer Klosters ausmachte, wo ein junger Novize Heiltränke, Kräutertinkturen und handgeschnitzte Madonnenfiguren präsentabel anordnete.

Inmitten diesen Trubels bauten Zimmerleute und freiwillige Helfer die Tribünen für das Turnier auf. Es war ein Ort, an dem Ranulf sich auskannte. Seit frühester Jugend zog er von Turnier zu Turnier, von Burg zu Burg, um seinen Lebensunterhalt zu verdienen. Zuerst gemeinsam mit dem alten Benedikt, der ihn irgendwann halb verhungert aus der Gosse gezogen hatte, später allein. Sie hatten Possen und Zauberkunststücke vorgeführt und Benedikt hatte ihm, als er erkannte, welch schöne Stimme in dem hässlichen Jungen schlummerte, beigebracht, wie man Harfe und Laute spielte und dazu sang. So waren sie durch die Lande gezogen, aber Ranulf war nie zufrieden gewesen, glaubte er doch, dass ihm von Rechts wegen Besseres zustand.

Auch jetzt wollte ihn die Wut über die Ungerechtigkeit des Schicksals wieder übermannen, doch in diesem Moment rempelte ihn ein kleiner, dicker Mann an.

»Pass doch auf, du Tölpel!«

Ranulf sah ein feistes Gesicht, das Härte und Starrsinn verriet. Das Blut gefror ihm in den Adern und der Spielmann merkte, wie sich seine Nackenhaare sträubten. Seine Hände wurden schweißnass. Er verstand nicht die Worte, die der Alte ihm ins Gesicht brüllte.

Dann war der Spuk vorbei, so schnell, wie er begonnen hatte. Der Grauhaarige versetzte ihm einen Stoß gegen die Brust, sodass der schmächtige Spielmann fast zu stürzen drohte und verschwand dann in der Menge. Ranulf atmete hörbar auf. Der Kerl hatte ihn tatsächlich nicht erkannt! Beglückt von dieser Entdeckung schritt er fröhlich pfeifend aus, um sich die Schilde der zum Turnier gemeldeten Ritter anzusehen. Alle Ritter, die an dem Turnier teilnehmen wollten, hatten ein bis zwei Tage vorher den Kampfrichtern ihre adlige Geburt nachzuweisen und als offizielles Zeichen ihrer Teilnahme ihren Schild an einem der aufgestellten Masten zu befestigen. Anscheinend wollte an diesem Turnier kein Ritter inkognito teilnehmen, denn keiner der Schilde war mit einem Tuch verhängt. Viele Wappen kannte er.

Lautes Geschrei störte Ranulf in seinen Betrachtungen. Und dann begann ein Rennen und Stoßen, auf das er nicht vorbereitet war. Eine Woge von Menschenleibern trug ihn in Richtung der Schreie. Offenbar kamen sie vom Brunnenhaus her. Zuerst konnte Ranulf nicht sehen, was der Grund für diesen Aufruhr war. Er war einfach zu klein, um über die Menge hinwegzusehen. Doch dann wurde er von Anderen, die hinter ihm waren und nach vorne drängten, mitgeschoben. Bis er unmittelbar vor ihr stand.

Seine Augen starrten direkt in die leeren Augenhöhlen der Mumie und er sah sofort die kleine Narbe, die sich über deren braune, lederartige Stirn zog.

Aus der Überraschung des ersten Moments wurde eiskalte Wut. Nur mit Mühe konnte er sie unterdrücken. Für ihn war diese Tote keine Fremde.

Kapitel 4

Dame Ermentrude war nicht die Frau, die leicht aus der Fassung zu bringen war. Nicht einmal, wenn eine Leiche unverhofft in ihren geruhsamen Alltag einbrach. Jerome hatte gar den Eindruck, dass sie die Situation eher genoss, nachdem sie den ersten Schreck überwunden hatte.

»Hier kann sie nicht bleiben«, erklärte sie praktisch. »Sie hält die Leute von der Arbeit ab. Ich denke, wir bringen sie in die Kapelle.«

Oh nein! Nicht das. Nicht in seine wundervolle, stille Kapelle.

»Ich glaube, Madame, dass die Kapelle nicht der rechte Ort ist«, begann er zögernd. »Die Hochzeitsfeier morgen...«

Ein wütender Blick traf ihn. Aber er gab nicht auf. Er wollte dieses eklige Etwas nicht in seiner Kapelle haben. Überall, aber nicht dort. Ein Gotteshaus ist ein Ort für schöne und Gott gefällige Dinge. Aber da lag diese Leiche und daneben stand Unheil verkündend Ermentrude von Kirkel.

»Vielleicht in die Vorratskammer? Dort ist es angenehm kühl«, schlug der Priester schüchtern vor. Der Vorschlag trug ihm keine Lorbeeren ein.

»Der Koch wird entzückt sein, wenn wir eine Mumie neben seinem Schinken deponieren. Wirklich, Jerome, Ihr habt heute hervorragenden Ideen.«

Zwei Gaffer, die direkt hinter ihr standen, herrschte sie an: »Ihr da! Nehmt eines dieser Bretter und legt sie darauf. Bringt sie ins Verlies. Und keine Mätzchen. Bewegt Euch!«

Hätte Jerome diesen Befehl erteilt, hätten beide sich bekreuzigt und wären geflohen, aber Ermentrudes Wünschen widersetzte man sich nicht so leicht.

Die Tote wurde auf eines der Gerüstbretter gelegt. Ungeschickterweise brach dabei ein Stück aus ihrem Arm heraus und Jerome befürchtete, dass er sich nun endgültig übergeben müsse. Schließlich gelang es, sie ohne weitere Zwischenfälle auf die Trage zu hieven und die Prozession zog in Richtung Verlies.

»Und ihr, faules Pack, schert euch an die Arbeit«, brüllte Ermentrude das Gesinde an. Dann schoss ihr Zeigefinger provozierend in Richtung des Maurermeisters.

»Ihr seht ebenfalls zu, dass ihr mit Eurer Arbeit weiterkommt, Meister. Sonst sorge ich dafür, dass ihr keinen roten Heller zu sehen bekommt.« Derart überzeugend um seine Weiterarbeit gebeten, zog er ab.

»Und wagt euch bloß nicht, danach einfach zu verschwinden. Ich habe noch einige Fragen an Euch«, donnerte sie hinter ihm her. Ohne den Mund zu öffnen, drehte der Maurer sich um und verbeugte sich zum Zeichen seiner Zustimmung in ihre Richtung.

Inzwischen hatten die Träger die Tote ins Verlies gebracht, sich wiederholt bekreuzigt und sich so schnell davon gemacht, als sei der Leibhaftige hinter ihnen her. Auch Jerome hoffte, sich davonschleichen zu können. Weit gefehlt. Ermentrude nagelte ihn fest.

»Ich möchte wissen, wie sie in dieses Rohr gekommen ist. Garantiert nicht freiwillig. Dieser Zulauf war gerade mal anderthalb Fuß breit. Da fällt man nicht einfach rein. Da hat jemand nachgeholfen. Und ich glaube auch nicht, dass es ein Unfall war. Man hätte sie vermisst, gesucht, gefunden und herausgezogen. Sie muss seit ewigen Zeiten dort liegen.« Ermentrude verschränkte die Arme vor der Brust. Wie konnte eine Leiche derart austrocknen, wenn sie in einem Rohr steckte, durch das unentwegt Wasser floss? »Sie hätte faulen müssen«, überlegte Ermentrude laut.

Entsetzt schloss Jerome die Augen. Welch Ekel erregende Vorstellung. Wer kam auf die Idee, eine Tote in einem Wasserrohr zu verbergen? Selbst wenn sich hier jemand heimlich einer Leiche hatte entledigen müssen, blieb immer noch die Frage, warum in der Zisterne? Der unsinnigste Platz für so etwas überhaupt.

Dieser Leichnam hätte das gesamte Trinkwasser der Burg vergiften können. Jeder Einzelne in der Burg hätte erkranken und sterben können. War das Ganze also eher ein Giftanschlag? Wie hätte aber jemand von außerhalb so etwas bewerkstelligen können? Also, jemand aus dem Inneren der Burg? Vielleicht ein unzufriedener Diener? Jeromes Gedanken wirbelten wie ein Sturm durcheinander, als er hinter Ermentrude die schmale Stiege zum Eingang des Pallas hinaufkletterte. Im Inneren hangelten sie sich über eine noch schmalere Leiter in das Burgverlies hinunter. Vielleicht irrte er sich auch. Es konnte ebenso gut sein, dass sich derjenige, der die Leiche im Rohr deponiert hatte, sich der Gefahr gar nicht bewusst war, die er hätte anrichten können.

»Was meint Ihr, Jerome?«

Dame Ermentrudes Stimme hallte hohl von den kahlen Wänden zurück und ließ ihn schaudern. Er antwortete, er hätte keine Erklärung. Sie waren allein im Verlies, das Jerome schon ohne seinen makaberen Inhalt mied, wenn er irgendwie konnte. Dieses schmutzige Loch mit der kaum kopfhohen Decke, das man nur durch eine schmale Luke in der Decke erreichen konnte, hatte ihm schon immer Angst gemacht. War die Luke verschlossen, war es hier unten stockfinster. Ermentrude dagegen zeigte keinerlei Befangenheit in dieser Umgebung.

»Eine Frau, eindeutig. Wer könnte sie sein, Jerome?«, ließ sie sich vernehmen, während sie aus dem schwachen Lichtstreifen, der durch die Luke fiel ins Dunkel trat. »Nun zündet doch schon die Fackel an, Bruder. Ich möchte sie ansehen.«

Jerome gab sein bestes, aber es wollte nicht gelingen. Genervt riss Ermentrude ihm Zunder und Feuerstein aus der Hand.

»Eure Tollpatschigkeit erstaunt mich immer wieder. Man kann Euch tatsächlich zu nichts gebrauchen.« Ermentrude schlug die Feuersteine ein-, zweimal aneinander und schon glimmte der Zunder auf.

»Na also«, sagte sie triumphierend, als sie die Fackel daran anzündete. »Geht doch! Seid Ihr wenigstens imstande, sie festzuhalten?« Jerome bemühte sich.

»Ich gehe jede Wette ein, dass sie keine Fremde ist«, verkündete Ermentrude. »Wir sollten herausfinden, ob jemals eine Frau hier Hals über Kopf verschwunden und nicht wieder aufgetaucht ist. Doch wo fangen wir an? Wie lange kann sie gelegen haben, bis sie ihren jetzigen Zustand erreichte? Das sollten wir als erstes herausfinden.«

Jerome wünschte sich, überhaupt nichts herauszufinden, einfach nach oben zu gehen, einen guten Schluck Wein zu trinken und mit seinen Vorbereitungen zu Arnulphs Hochzeit weiterzumachen, als sei nichts geschehen. Aber die alte Dame hatte andere Wünsche und er wusste zu genau, wer die seinen durchsetzen würde.

»Nun zittert doch nicht so, Pfaffe! Wie soll ich denn da etwas sehen?«

»Könnte nicht vielleicht jemand anderes...«

»Also, Bruder, ich habe fast den Eindruck, dass ihr Euch nicht um unsere Tote hier kümmern wollt. Immerhin ist es Eure Heilige Mutter Kirche, die behauptet, jeder Mensch habe das Recht auf ein christliches Begräbnis. Dieser Person hier wurde es nicht gewährt. Oder glaubt ihr, ein Priester habe sie zu dieser letzten Ruhestätte begleitet? Interessiert es Euch den überhaupt nicht, wie sie dorthin gekommen ist?«

Es interessierte ihn nicht. Aber er wusste, dass sie keine Ruhe geben würde. Und er wusste, dass sie jetzt gleich damit beginnen würde, in dieser Burg das Unterste zu Oberst zu kehren. Das war genau das Ereignis nach dem sie lechzte. Selbst die Hochzeitsfeierlichkeiten verblassten neben dieser braunen, ledernen Leiche. Und Jerome wusste auch, dass sie diese Sache nicht allein in Angriff nehmen würde. Sie würde ihn als Handlanger benutzen. Und dieses Wissen regte ihn auf. Genauso, wie dieses eklige, verdorrte Etwas.

Doch in einem Punkt hatte die Dame Recht. Jedem stand ein christliches Begräbnis zu. Viel zu spät entsann er sich also seiner Pflichten und machte ein segnendes Zeichen über die Tote. Doch sein anschließendes Gebet für sie wurde unwirsch unterbrochen.

»Lasst gut sein, Jerome. Sie ist schon viel zu lange bei Gott. Wenn sie bis jetzt keinen Platz dort oben ergattern konnte, werden Eure Gebete auch nichts mehr ausrichten.«

Ermentrude beugte sich über die Leiche.

»Knapp fünf Fuß groß«, erklärte sie. »Und sie wiegt kaum noch etwas. Das lässt darauf schließen, dass sie auch zu Lebzeiten eine recht kleine, schmächtige Person war. Schreibt alles auf, Jerome, damit wir nichts vergessen! Also schreibt: Die Tote hatte die Hände fest über der Brust zusammengepresst, beide Schultern sind gebrochen.« Ermentrude hielt kurz inne und überlegte. »Möglicherweise wurden ihr diese Verletzungen nach ihrem Tod zugefügt. Damit sie ins Rohr passt. Schreibt das auch auf.«

Als Jerome nicht sofort zur Tat schritt, riss sie ihm die Fackel aus der Hand. »So, jetzt habt Ihr die Hände frei. Und ich weiß, dass Ihr immer Schreibutensilien in den Tiefen Eurer Kutte nachschleppt. Also, macht jetzt voran. Sonst wird das ganze hier ewig dauern. Und ihr seht aus, als wolltet Ihr so bald wie möglich hier weg.«

Gehorsam holte Jerome sein Täfelchen und den Stift hervor, der zur Ausrüstung eines jeden Benediktiners gehört. Er richtete sich damit so gut es ging in einer Ecke des Verlieses ein, die möglichst weit von der Bahre mit der Toten entfernt war. Er konnte hier nur wenig sehen. Es gab nur diese eine Fackel und die hatte natürlich Ermentrude an sich gerissen. Das Licht war zu schwach, um den feuchten, kalten Raum genügend zu erhellen. In jeder Ecke glaubte Jerome Bewegungen in der wabernden Dunkelheit wahrzunehmen. Allein Ermentrudes Anwesenheit gab ihm etwas Mut. Ihre Stimme drang sachlich, fest und klar zu ihm. Keine Spur von Unbehagen.

»Diese Mumie muss durch natürliche Leichenveränderungen entstanden sein. Ich kann nichts an ihr feststellen, was auf eine absichtliche, von Menschenhand herbeigeführte Mumifizierung schließen ließe. Das heißt, sie muss sehr trocken oder in ununterbrochenem Durchzug gelegen haben. Macht Euch eine Notiz, Jerome, damit wir den Maurermeister fragen, wie er sie genau gefunden hat. Wie dumm von ihm, das Rohr zu zerschlagen. Und jetzt schreibt weiter auf: Die Tote trug bei ihrem Auffinden keine Kleidung, außer einen einfachen Lendenschurz. Also, keine Kleidungsstücke oder Schmuck, die zu ihrer Identifizierung beitragen könnten. Ihr Haar, soweit noch vorhanden, ist grau und brüchig. Stellenweise ist noch ein blasser Rotton zu erkennen.«

Auch noch eine Rothaarige! Vielleicht eine Hexe, der man sich entledigt hatte. Jerome wagte eine dahingehende Bemerkung.

»Unsinn! Eine Hexe, so ein Quatsch! Eure Kirche steigert sich da langsam in etwas hinein, was noch böse Ausmaße annehmen wird. Glaubt mir! Aber Eure selbst ernannten Richter, so hörte ich, empfehlen, jene Frauen zu verbrennen und nicht, sie in Wasserleitungen zu deponieren. Und nun schreibt weiter: Finger- und Zehennägel sind gepflegt, was nicht auf eine Frau hindeutet, die derbe Arbeit erledigt hat. Aber ihre Haut weist an vielen Stellen Narben auf, die noch deutlich als weiße Striche zu erkennen sind. Besonders auffällig ist eine gezackte Narbe über der linken Augenbraue. Der Kehlkopf ist eingedrückt, was Erwürgen als Todesursache vermuten lässt. An der Haut des Halses ist allerdings nicht mehr zu erkennen, ob Würgemale vorhanden waren.« Ermentrude diktierte so schnell, dass Jerome kaum folgen konnte. Auch als sie mit ihren Betrachtungen zu Ende kam, hielt sie weiter die Fackel über die Leiche und starrte auf die Frau hinunter.

»Natürlich könnten wir sie einfach beerdigen«, sagte sie unvermittelt.

Jerome hatte nicht auf so viel Einsicht zu hoffen gewagt. Sofort ergriff er die Gelegenheit.

»Ja, das könnten wir. Ich werde sogleich...«

»Nichts dergleichen werdet Ihr tun! Ihr seid wohl nicht bei Trost. Ich wollte Euch auf die Probe stellen und ihr seid mit beiden Beinen ins Fettnäpfchen gesprungen. Ich muss mich sehr wundern. Ihr könnt nicht leugnen, dass es sich bei der armen Frau um ein Mordopfer handelt. Selbst wenn ihr Kehlkopf nicht eingedrückt wäre, was sie selber wohl kaum bewerkstelligen konnte, muss man sich fragen, warum man sie gerade in einer Wasserleitung deponiert hat.

Es ist nicht üblich, dass man seine Leichen auf diese Art entsorgt. Es sei denn, sie musste unauffällig verschwinden. Und es musste schnell geschehen, sonst hätte ihr Mörder leicht eine bessere Gelegenheit finden können, sie aus der Burg zu schaffen und zu verscharren. Das führt uns zum nächsten Punkt. Ich behaupte, dass die Tote hier gelebt haben muss. Ihr gebt zu, dass es völliger Unsinn wäre, wenn man versuchen wollte, eine Leiche in die Burg hineinzubringen. Viel zu viele Zuschauer bei jeder Tages- und Nachtzeit. Also stellen sich folgende Fragen: Wer war sie? Wie kam sie zu Tode? Warum? Wer hatte Vorteile davon? Warum wurde sie nie vermisst? Vor allen Dingen müssen wir den Zeitpunkt eingrenzen, wann sie gestorben sein muss. Das würde uns schon ein ganzes Stück weiterbringen.«

Jerome war keineswegs begeistert von Ermentrudes Gerechtigkeitswahn. Die Tote konnte seit Jahren dort liegen und ihr Mörder selbst längst tot oder über alle Berge sein. Wozu also all die Mühe? Er sprach seine Überlegungen laut aus, immer in der Hoffnung, die Tote doch noch beerdigen zu dürfen.

»Mit an Sicherheit grenzender Wahrscheinlichkeit war sie keine höher gestellte Person. Mir ist nicht bekannt, dass hier jemals eine Frau vermisst worden wäre.«

»So«, sagte Ermentrude spitz. »Ihr wisst aber auch alles ganz genau.«

»Im besten Falle kann es sich um eine Magd handeln.«

»Und wenn, sind vor Gott nicht alle Menschen gleich? Darüber hinaus merke ich, dass Ihr Euch niemals mit der Einstellung von Gesinde beschäftigt habt. Niemand würde Geld ausgeben für eine so kleine und schmächtige Person. Wenn man eine Magd einstellt, achtet man sorgfältig darauf, dass sie groß, kräftig und gesund ist. Das ist erste Voraussetzung für eine gute Arbeitskraft. Bestimmt war sie weder Magd noch Amme. Eine Zofe vielleicht. Wir werden der Sache nachgehen. Solange wir nicht wissen, wer sie war und wann sie verschwand, kommen wir ohnehin nicht weiter.«

Mechthild, Dame Ermentrudes Zofe, kletterte umständlich die Leiter hinunter ins Verlies und unterbrach damit die unappetitlichen Betrachtungen ihrer Herrin.

»Verzeiht die Störung, Madame…« Fasziniert trat sie zu dem Tisch und betrachtete die Mumie. Jerome war peinlich berührt. Frauen waren alle gleich. Nichts war ihnen zu sensationslüstern. Mechthild schlich um den Tisch herum, ohne den Blick von der Leiche zu wenden. Ihre Haltung veränderte sich merklich. Misstrauisch beobachtete Ermentrude ihre Zofe.

»Darf man fragen, warum du ein derart verstörtes Gesicht machst? Gibt es etwas, was ich wissen sollte?«

»Oh nein, nein, Madame.« Doch während sie sprach, starrte sie weiter auf die Leiche. »Ich wollte Euch nur mitteilen, dass das Fräulein Binzela eingetroffen ist. Ich dachte, Ihr würdet es unverzüglich wissen wollen.« Mit einem letzten Blick auf die Tote verließ Mechthild den Ort des Grauens.

»Eigenartig!« Ermentrude schaute ihr nach und beschloss, ihr später auf den Zahn zu fühlen. Jetzt waren andere Dinge zu tun.

»Helft mir, Jerome!«, befahl sie. »Ich möchte die Leiche hier nicht offen herumliegen lassen.« Kurzerhand schlitzte sie einen alten, von Flöhen zerfressenen Strohsack auf, der in einer Ecke für etwaige Gefangene bereitlag und deckte mit dem Rest des Sackes die Leiche zu. Dann wischte sie sich den Staub von den Händen und ging energisch auf die Leiter zu.

»Nehmt die Fackel und helft mir wieder hier heraus. Wir werden die Braut gebührend begrüßen und uns später wieder mit unserer Freundin hier beschäftigen.«

Jerome schlich sich an seinem »Ärgernis« vorbei, wie er die Tote insgeheim getauft hatte, und wunderte sich im Stillen, wie schnell Ermentrude umdenken konnte.

»Und kein Wort von unserer Leiche, verstanden«, zischte sie Jerome über die Schulter hinweg zu, während sie ihre Massen die Leiter hinauf hievte.

Unsere Leiche, pah, ihre vielleicht, meine bestimmt nicht, dachte Jerome erbost. Außerdem konnte er sich nicht vorstellen, dass das tratschsüchtige Volk dort oben seinen Mund halten würde. Dieses Gesindel, das sich dort über die Feiertage angesammelt hatte, sog Neuigkeiten auf, wie ein nasser Schwamm und gab sie genauso bereitwillig weiter.

Kapitel 5

Binzela von Randecks komfortabler Reisewagen war bereits in den Hof gerollt und weitere, schwer beladene Vierspänner rumpelten über das Kopfsteinpflaster. Ihre Ladung war so hoch, dass die Wagen Probleme hatten, unter dem Torbogen hindurch zu fahren. Jerome zählte außer dem Reisewagen der Braut, der aufwändig verziert war, einen weiteren Wagen, in dem er die Zofen vermutete und fünf Wagen, die eindeutig dem Transport der Mitgift dienten.

Binzelas Wagen entstieg ein älterer Herr. Der auffällig gekleidete Mann war ihr Vormund, Jofried von Berge. Blasiert schaute er in die Runde. Er trug zu schwarzen, engen Beinkleidern einen roten Samtüberrock mit weit gepufften Ärmeln, dessen großzügiger Faltenwurf ihn recht imposant erscheinen ließ. Sein Haar war dunkel. Dunkler zumindest als man es bei einem Mann seines Alters vermutet hätte und selbst nach der langen Fahrt im unbequemen Reisewagen saß seine Frisur perfekt.

Jerome bekam unsanft einen Ellbogen in die Seite.

»Die Haare sind bestimmt nicht echt«, zischelte Dame Ermentrude ihm gehässig ins Ohr. Perücken aller Art waren eine verrückte Mode, der man zurzeit am französischen Hof frönte. Weit auffallender als seinKopf waren seine Füße. Sie steckten in Schnabelschuhen, die vorne so lang und spitz waren, dass er sie am Bein hatte festbinden müssen, um ihnen Halt zu geben. Jerome war absolut gegen derartige Modetorheiten.

Hinter ihm verließ Binzela die Kutsche. Die Art, wie sie aus dem Wagen stieg, konnte kaum als elegant bezeichnet werden, obwohl Jerome wusste, dass sie ihre Erziehung am französischen Hof vervollkommnet hatte. Eine großartige Erziehung für eine Kaufmannstochter. Aber wo Geld ist, ist bekanntlich Gott, dachte Jerome mit einem Anflug von Selbstgerechtigkeit.

Ihre Zofe hatte sich unendliche Mühe gegeben, das unschöne, strähnige, Haar mit bunten Bändern zu einer modernen Frisur aufzustecken, die Binzela allerdings überhaupt nicht zu Gesicht stand. Sie trug keinerlei Kopfbedeckung. Ihr Reisekleid aus grünem Atlas war bodenlang, sodass sie es beim Gehen raffen musste. Um ihre Taille, oder zumindest an der Stelle, wo diese bei einer schlankeren Frau gewesen wäre, trug sie einen Juwelen besetzten Gürtel, ein vollendetes Teil lothringischer Goldschmiedekunst. Er war ein Geschenk Arnulphs an seine Braut. Dieses Schmuckstück hatte mehr gekostet, als Jeromes Kloster in einem ganzen Jahr an Einnahmen hatte, doch es vollbrachte nicht das Kunststück, von Binzelas Gesicht abzulenken. Es war keineswegs Schönheit, die den Blick des Betrachters bannte.

Obwohl die Braut einen recht großen Mund hatte, waren ihre Lippen schmal wie ein Strich und fest zusammengekniffen. Die Unterlippe stand etwas vor und die Mundwinkel machten einen unzufriedenen Schwung nach unten. Ihre Nase war lang und spitz. Zwei gierige, wasserhelle Augen taxierten kalt den Innenhof. Und diese unanständige Person hatte tatsächlich Schminke aufgetragen. Jerome war entrüstet. Und er war noch immer ärgerlich auf Dame Ermentrude. Hätte sie ihn nicht den ganzen Vormittag mit Beschlag belegt, würde er jetzt nicht hier diesen vornehm gekleideten Gästen in seiner ärmlichen Kutte entgegentreten.

Er hatte sich ausgemalt, wie er würdig und achtungsgebietend auf die Braut und ihren Vormund zuschreiten würde, damit beide gleich den richtigen Eindruck von seiner Stellung hier in der Burg bekommen würden. Er hatte sich überlegt, dass er keine segnende Geste machen, sondern Binzela elegant die Hand küssen würde, damit sie sich gleich von seiner guten Erziehung ein Bild machen konnte. Das ganze natürlich in seiner Festtagsmontur.

Stattdessen stolperte er jetzt mit einer verstaubten Kutte und tintenverschmierten Händen wie ein gehetzter Hund über den Hof, immer in Madames Fahrwasser. Gerade eben, als Ermentrude ihre kräftigen Arme ausbreitete, um Binzela darin verschwinden zu lassen, strauchelte Jerome. Eine seiner Sandalen verfing sich in einem herumliegenden Stück Holz und er landete bäuchlings auf dem Kopfsteinpflaster, direkt vor Binzelas Füßen. Arnulph, der neben dem Wagen stand und ihr beim Aussteigen behilflich war, fand wieder einmal die passenden Worte.

»Lasst gut sein, lieber Jerome. Ich glaube, meine zukünftige Frau ist auch damit zufrieden, wenn ihr einfach nur »Guten Tag« sagt, anstatt Euch ihr zu Füßen zu werfen. Derartige Unterwürfigkeiten sind wahrlich nicht vonnöten.«

Jerome hatte sich prima eingeführt bei der neuen Dame des Hauses. Er konnte wunschlos glücklich sein mit seinem Auftritt. Während er sich mühsam aufrappelte, küsste Ermentrude die Braut und drückte sie an ihre ausladenden Brüste. Dann lud sie alle zu einem Begrüßungstrunk in die Kemenate ein. Sie führt sich auf als sei sie die Gastgeberin, dachte Jerome böse. Dieser Tag war kein guter Tag für ihn. Nur Gott wusste, was da noch alles kommen würde.

»Ihr seid natürlich auch herzlich eingeladen, Bruder. Falls es Euch gelingt, unfallfrei die Treppe zu erklimmen.« Dann wandte Ermentrude sich Binzela zu, die sie freundschaftlich untergehakt hatte und vertraute ihr an, dass Jerome nicht nur der Burgkaplan sei, wie sie ja schon wisse, sondern auch der Sekretär, Vertraute und Saufkumpan ihres zukünftigen Schwiegervaters.

»Oh, dann seid Ihr aber ein wahrhaft wichtiger Mann«, flötete Binzela ob dieser Neuigkeiten. »Ich sollte mich wohl gut mit Euch stellen.«

Ja, tu das, dachte er, noch immer tief beleidigt über das Stück Holz und seine Sandale, die ihn soeben derart blamiert hatten. Hätte der Herr seine Wege denn nicht um dieses blöde Holz herumlenken können?

Vor dem Eingang zum Bergfried stand bereits jemand, dessen Gesellschaft Jerome jetzt am allerwenigsten brauchen konnte. Philipp von Itzbach! Und er sah wieder einmal ausgesprochen zufrieden aus, was nur bedeuten konnte, dass er irgendeine Schweinerei plante. Sein breites, hässliches Gesicht zeigte eine frische, gesunde Röte, wie immer, wenn

Bosheit und Hinterlist in ihm arbeiteten. Seinen schmallippigen Mund verzog er einseitig zu einem teuflischen Grinsen. Mit dem eleganten Schwung des geborenen Angebers zog er den Hut vom Kopf und verbeugte sich fast bis zum Boden. Erstaunlich, wie man eine derartige Verbeugung zustande brachte bei einer so kleinen, dicken und missratenen Figur.

»Seid mir gegrüßt, hohe Dame!«

Jerome drohte es übel zu werden.

»Ich bin zutiefst bestürzt, dass Eure Ankunft unter einem so schlechten Stern stehen muss.«

Aha! Das war es also, was dieses Schwein loswerden wollte. Und bevor es irgendwer verhindern konnte, riss er sein großes Maul noch weiter auf und machte eine blöde Bemerkung über die Mumie.

»Was sagt Ihr da, Philipp? Man hat eine Tote gefunden, während ich fort war?« Arnulph war bestürzt.

»Jawohl, junger Herr, eine tote Frau. Hat man Euch denn noch nicht davon unterrichtet?«, fragte Philipp scheinheilig. Jerome konnte seine Wut kaum unterdrücken.

»Ich wusste nicht, dass man es vor Euch verbergen wollte. Sonst hätte ich natürlich auch nichts gesagt. Es tut mir außerordentlich Leid, dass Mademoiselles Ankunft unter diesem bösen Omen steht.«

»Wir hätten es ja auch gleich zur Begrüßung herausschreien können. Aber wir sind nicht so sensationslüstern wie Ihr.« Jerome konnte nicht mehr schweigen. Und Philipp sah ihn tief beleidigt an. Warum tat man ihm bloß wieder Unrecht? Allerdings, ein Blick auf Binzela versöhnte ihn sofort wieder. Seine Worte trugen reiche Frucht. Binzela war leichenblass vor Angst. Die Frau war abergläubisch.

»Verschwindet, Ihr Idiot!« Ermentrude hatte ihre Sprache wieder gefunden. »Und Ihr, mein Häschen, beruhigt Euch. Es ist keine neue Leiche. Diese hier ist seit mindestens zwanzig Jahren tot. Und Tote, ich muss es leider sagen, sind in einer Burg nichts Außergewöhnliches. Und die hier ist jetzt wohl verwahrt im Gefängnis.«

Hilfe suchend blickte Binzela von einem zum anderen.

Hatte sie tatsächlich Angst? Oder spielte sie nur die Verängstigte, um Arnulphs Beschützerinstinkt hervorzukitzeln?

Während Binzela sich ängstlich an ihren Vormund lehnte, räusperte Jerome sich und nahm seine Würde und Autorität zusammen, um die Damen von diesem Aufdringling zu befreien. Doch bevor er den Mund aufmachen konnte, hatte Arnulph die Sache schon bereinigt.

»Diesmal habt Ihr den Bogen überspannt. Ihr mit Eurem voreiligen Maul. Verschwindet und lasst Euch nicht einfallen, meine Verlobte noch ein einziges Mal zu belästigen.«

Wieder war Jerome nicht dazu gekommen, seine Autorität unter Beweis zu stellen. Irgendwann würde schon die Gelegenheit kommen, sich wichtig zu machen. Und um überhaupt irgendetwas zur Unterhaltung beitragen zu können, sagte er: »Kommt, meine Lieben, ziehen wir uns in Dame Ermentrudes Räumlichkeiten zurück. Dort ist angenehm geheizt und Madame hat einen ausgezeichneten Burgunder mitgebracht.«

Er hoffte, dass Ermentrude die Anspielung verstand und den Weinschlauch hervorholte.

»Ja, kommt, wir werden die Hochzeit besprechen. Und ihr, Kinder, werdet später ein wenig mit Jerome in der Kapelle üben. Immerhin wird sich der gesamte Landadel morgen hier einfinden, da dürft ihr Euch natürlich nicht blamieren«, verkündete Ermentrude.

Bei dem Wort »blamieren« lief es Jerome eiskalt den Rücken hinunter. Was wäre, wenn er während der Zeremonie von den Stufen des Altars stürzte?

Jerome hatte sich über alle Maßen geschmeichelt gefühlt, als Arnulph ihn um eine kirchliche Trauung gebeten hatte. Wohl sah die Kirche dies schon seit Jahrzehnten so vor, doch die wenigsten Herren hielten sich daran. Auch Arnold, Gott verzeihe ihm seine Ignoranz, hielt es für ausreichend, wenn Binzelas Vormund sie offiziell an Arnulph übergebe und man anschließend ohne weitere Verzögerungen zum Feiern überginge. Das Eheversprechen, erklärte er, habe man ja schon gegeben, in Form von Geschenken und Ringen. Doch Arnulph bestand auf seinem Vorhaben und Jerome war sehr stolz auf seinen Zögling.

Daraufhin schlug Arnold vor, die Zeremonie im Freien abzuhalten, da man dort auch während der langweiligen Messe sich besser unterhalten und vor allem ein Auge auf das Essen haben könne. Dieser Vorschlag wurde von Jerome keines Wortes gewürdigt, doch Arnulph, ganz Diplomat, erklärte, am Morgen sei es doch immer noch recht frisch im Freien, sodass er, Arnold, sich möglicherweise eine Erkältung zuziehen könne, die ihn aufs Krankenlager werfe und ihn daran hindere, am Turnier teilzunehmen. Sofort erklärte Arnold, dass es sicher besser sei, die Zeremonie in der Kirche, vor Zugluft geschützt, hinter sich zu bringen.

Hintereinander stiegen sie die schmale Treppe zur Kemenate hinauf. Sorgfältig lupfte Jerome seine Kutte, um nichts zu riskieren. Nicht auszudenken, wenn man ihn morgen mit geschientem Bein in die Kapelle tragen müsste.

Alle ergatterten ein gemütliches Plätzchen zwischen Ermentrudes unzähligen Decken und Kissen. Auch für Jerome fand man noch einen unbequemen Klappstuhl.

»Wie anheimelnd dieser Raum ist, nicht wahr, Onkel?« Binzela wollte Ermentrude damit aber nicht nur schmeicheln. Was sie meinte, hörte Jerome deutlich zwischen den Worten heraus. Wenn die Alte fort ist, werde ich diesen Raum beziehen. Ja, er hatte sie noch ganz richtig in Erinnerung und ihm kamen Zweifel, ob es mit ihrem geruhsamen Leben so weitergehen würde wie bisher.

Prompt wandte sich Jofried von Berge an Arnulph.

»Sagt mir, wer bewohnt die Kemenate, wenn Eure Tante nicht anwesend ist?«

»Nun ja«, antwortete Arnulph zögernd, »sie steht leer, seit meine Mutter verstorben ist. Vater wollte es so. Er hat Mutter sehr geliebt, Ihr versteht, und er wollte, dass in ihren Räumen alles so bleibt, wie sie es verlassen hat.«

»Findet Ihr nicht, dass Euer Vater da ein wenig übertreibt? Solch schöne Räume lässt man nicht ungenutzt leer stehen«, sagte Jofried.

Binzela griff den Faden sofort begierlich auf. »Glaubst du, Liebster, dass ich deinen Vater wohl darum bitten dürfte, hier zu wohnen? Immerhin bin ich ja jetzt die Dame des Hauses!«

Jerome verschlug es die Sprache. Er hoffte, dass Arnold ihrem Willen einen Riegel vorschieben würde. Binzela war habgierig und sie war es gewohnt, dass alle nach ihrer Pfeife tanzten. Wieder kam ihm der böse Verdacht, dass ihre Angst draußen nur gespielt und Mittel zum Zweck war. Manche Männer waren wahre Ochsen, wenn es um Frauen ging. Arnold und er gingen schweren Zeiten entgegen, da gab es wenig Zweifel.

»Ich sah, als ich ankam, dass sich schon einige Spielleute versammelt haben, edle Tante. Ich darf Euch doch jetzt schon so nennen, nicht wahr? Ich hätte Lust, einem zuzuhören.«

Grundgütiger! Sie schleimte sich gleich bei allen ein, von denen sie glaubte, dass sie Einfluss besaßen und ihr einmal von Nutzen sein konnten. Von Jerome erwartete sie offenbar nicht viel. Der traute seinen Ohren kaum. Seine unbestechliche Dame Ermentrude fiel auf das habgierige Früchtchen herein.

»Aber natürlich, mein Kind«, sagte sie gerade. »Wenn du möchtest, werden wir natürlich nach einem schicken, damit er uns ein wenig unterhält.«

»Oh ja, bitte. Es würde mir Freude machen.«

Mechthild wurde auf die Suche nach einem Spielmann geschickt. Und tatsächlich dauerte es nicht lange, bis einer von ihnen an die Tür der Kemenate klopfte. Es war der kleine Rothaarige

Mit einer überschwänglichen Verbeugung betrat er den Raum, klemmte mit Schwung seinen mit Straußenfedern geschmückten Hut unter den linken Arm und stürmte dann auf Binzela zu, um ihr die Hand zu küssen. Mit zusammengebissenen Zähnen beobachtete Jerome, wie tief der Spielmann der Dame in die Augen sah. Ganz so, als ob sie seit vielen Jahren miteinander bekannt seien. Es entging dem Priester auch nicht, dass des Spielmannes Blicke noch länger auf ihrem Dekolletee verweilten, als auf ihrem Gesicht. Und das in Arnulphs Gegenwart. Als der Barde Ermentrude die Hand küsste, war er entschieden schneller fertig. Diese Geste zeigte nichts als professionelle Freundlichkeit.

Jerome hatte nie viel für dieses fahrende Volk übrig gehabt. Sie waren frech und dreist. Anstand war für sie genauso ein Fremdwort wie Dankbarkeit. Man konnte sie fürstlich belohnen für ihre Narreteien und ihr Geklimper und dennoch bestahlen sie einen, bevor sie gingen. Nichts war vor ihnen sicher.

Binzela schien dies jedoch anders zu sehen. Sie sonnte sich in der Bewunderung eines jeden Mannes, egal, welchem Stand er angehörte. Ihre Brüste hoben und senkten sich aufgeregt unter dem viel zu knappen Oberteil ihres grünen Kleides. Für Jeromes Geschmack hatte man ohnehin zu viel Stoff am Oberteil eingespart. Es wurde nur mühsam von Bändern zusammengehalten. Der Rock dagegen war verschwenderisch weit, mit üppigem Faltenwurf und bis über die Füße reichend, die in zierlichen, mit Perlen verzierten Pantöffelchen steckten. Sogar im Sitzen behielt Binzela ihre nach hinten gebeugte Haltung bei, was ihr wohl eine gewisse Vornehmheit verleihen sollte. Ihr Beutelchen, das sie am Gürtel trug, war aus dem gleichen wertvollen, grünen Atlas wie ihr Kleid.

Jerome waren Verordnungen bekannt, die es Bürger- und Bauersfrauen untersagten, sich in derart teueren Kleidern zu zeigen. Blieb nur die Hoffnung, dass sie im Alltag etwas weniger eitel war, sonst würden ihre Ausgaben für Bekleidung schnell Arnulphs Budget übersteigen.

Nachdem er die Männer nur mit einem kurzen Kopfnicken gegrüßt hatte, wandte der Rothaarige sich wieder an Binzela.

»Ich hörte, Ihr wünscht ein wenig Unterhaltung, edle Dame? Möchtet Ihr, dass ich eine schöne Sage für Euch vortrage? Oder ist Euch eine Erzählung lieber? Kennt Ihr »Erec« und »Iwein«? Sie sind die bekanntesten Werke des Hartmann von Aue.«

Obwohl diese Werke inzwischen an die hundert Jahre alt sein mussten, war garantiert noch nichts von ihrer Existenz bis zu Binzela vorgedrungen. Jerome konnte es ihrer ratlosen Mine ansehen, dass sie noch nie davon gehört hatte.

»Kennt Ihr Wolfram von Eschenbachs »Parzival«? Es war Ermentrude, die Binzela geschickt aus der peinlichen Situation heraushalf.

»Aber gewiss, Madame.« Ranulf schlug spielerisch die Saiten an und begann dann mit wahrhaft schöner Stimme den »Parzival« vorzutragen und zwar in einem hervorragenden Latein. Offenbar bewegte sich dieser Spielmann in höheren Kreisen, als es allgemein für Leute seines Standes üblich war. Auch konnte man sich nur wundern, welch kräftige Stimme in diesem schmächtigen Kerlchen steckte.

Mit nicht eben geringer Schadenfreude stellte der Burgkaplan fest, dass die kleine, dickliche Binzela dem Latein nur schwer folgen konnte. Anscheinend war ihre Erziehung doch nicht so vollkommen, wie angepriesen. Oder sie hatte einfach nur schwer begriffen. Und da sie ohnehin wenig von dem Vortrag verstand, entschloss sie sich, wie alle bornierten Menschen, einfach zu einem anderen Thema überzugehen.

»Ist dies dort Eure Schmuckschatulle, liebste Tante? Dürfte ich wohl einen Blick hinein werfen? Wir könnten aussuchen, was Ihr morgen zu meinem Ehrentag tragt.«

Ihr ureigenster Ehrentag war es, natürlich. Arnulph spielte nur die zweite Geige.

»Aber sicher, mein Kind. Mechthild! Reich mir meine Schatulle herüber.« Als nichts geschah, hob die alte Dame ihre Stimme um einige Oktaven und brüllte: »Mechthild!«

Erschrocken fuhr die Zofe zusammen. Ihr Verhalten war heute wirklich etwas seltsam. Jerome schrieb es dem Anblick der Leiche dort unten im Verlies zu. Seither benahm sich die sonst so überaus korrekte Zofe daneben.

Jofried von Berge hatte inzwischen schon das Schmuckkästchen ergriffen und reichte es an Ermentrude, die es öffnete und an die staunende Binzela weitergab.

»Verzeiht, Madame, wenn Ihr mich jetzt nicht mehr braucht, möchte ich mich entfernen.« Als Mechthild nicht sofort Antwort erhielt, räusperte sie sich laut. Ihr ungehöriges Verhalten trug ihr sofort einen bösen Blick aus

Ermentrudes Richtung ein, deren Mine schiere Verwunderung ausdrückte. Eine Zofe bat nie darum, gehen zu dürfen. Sie wartete, bis sie entlassen wurde.

»Du bleibst hier. Sollen wir uns vielleicht selbst bedienen? Bring den restlichen Burgunder her.«

Ah, der gute Burgunder! Plante sie etwa eine kleine Ausschweifung? Jerome hatte bereits seinen Becher ergriffen, um einer der Ersten beim Ausschenken zu sein. Binzela hingegen hatte nur Augen für den wertvollen Schmuck. Ihre freudigen Ausrufe, die sie bei jedem Stück hören ließ, ärgerten Jerome über die Maßen, wenn er auch keinen bestimmten Grund dafür hätte angeben können.

»Ich möchte Euch ein Willkommensgeschenk machen, mein Kind. Sucht etwas aus, es gehört Euch.«

»Wie großzügig von dir, verehrte Tante. Siehst du, Binzela, ich sagte doch gleich, sie würde dich sofort mögen.« Arnulph legte seinen Arm um Binzela, doch die schüttelte ihn ohne viel Federlesens wieder ab. Böse Zungen könnten behaupten, die Annäherungsversuche ihres Bräutigams seien ihr lästig.

»Den hier möchte ich haben, edle Tante. Oh, seht nur, Jofried! Ist er nicht herrlich?« Binzela hielt einen blutroten Rubin in die Höhe, ein Stück von erlesener Schönheit. Jerome hatte diesen Stein vorher nie gesehen. Er hatte keinerlei Fassung, war aber so geschliffen, dass das Licht sich von allen Seiten darin brach.

»Nein, den nicht«, entfuhr es Ermentrude und etwas freundlicher setzte sie hinzu: »Es tut mir Leid, aber dies ist die Morgengabe meines verstorbenen Mannes. Ich habe Heinrich über alles geliebt und du wirst verstehen, dass ich an diesem Stück besonders hänge.«

Binzelas Gesicht nahm sofort den schmollenden Ausdruck eines Kindes an. Würde es einen Machtkampf geben? Warum hatte die alte Dame ihr überhaupt etwas angeboten? Diesmal war es Jofried, der lenkend eingriff.

»Bitte, leg ihn zurück, Binzela. Suche dir etwas Anderes aus. Madame ist sehr großzügig.«

Binzela tat, wie ihr geheißen, aber jeder konnte sehen,

wie widerwillig sie es tat. Immer wieder nahm sie das Schmuckstück auf und ließ es durch ihre kurzen, dicken Finger gleiten. Arnulph entschuldigte sich unter dem Vorwand, einmal nach den Maurern sehen zu wollen. Jerome hatte allerdings den Verdacht, dass er sich ins Verlies absetzen und allein die Leiche in Augenschein nehmen wollte. Seid die Gesellschaft die Kemenate betreten hatte, war die Mumie mit keinem Wort mehr erwähnt worden. Offenbar wollte man die ach so zart besaitete Binzela schonen.

Jerome hatte man die ganze Zeit in die Rolle des stillen Beobachters gedrängt. Doch nun richtete Jofried von Berge unverhofft das Wort an ihn: »Ich hörte bereits von Arnulph, dass es mit den Belangen der Burg heuer nicht sehr gut steht. Was wird geschehen, wenn sein Vater nichts beim Erzbischof erreichen kann?«

Jerome, noch immer verärgert durch alle lästigen Unannehmlichkeiten, die dieser Morgen für ihn bereit gehalten hatte, antwortete gehässig: »Es wird zu Kampfhandlungen kommen. Vielleicht wird uns der Bischof belagern. Das kann Monate dauern. Er ist sehr ausdauernd in derartigen Dingen. Aber Arnold lässt schon vorsorglich unsere Zisterne reparieren. Ihr könnt Euch vorstellen, wie schnell eine Belagerung zu unseren Ungunsten entschieden wäre, ohne ausreichend Trinkwasser.«

Nur vor sich selber würde Jerome zugeben, dass er diese Aussage lediglich gemacht hatte, um Binzela zu erschrecken. Sie war ihm einfach zu überheblich. Er würde heute Abend eigens drei »Vater unser« deswegen beten. Seine böse Absicht war vom Erfolg gekrönt. Erschreckt fuhr Binzelas Hand zu ihrem verkniffenen Mund.

»Unsinn, Liebes, Bruder Jerome macht Witze!«

»Nein, Bruder Jerome macht keine Witze«, wies der Priester Jofried von Berge zurecht. »Was glaubt ihr wohl, wo wir hier sind? In einer Burg wie dieser steht man immer mit einem Fuß im Grab. Und selbst, wenn eine solche Belagerung glimpflich abgeht, ist sie nichts angenehmes. Sämtliche Bauern der Umgebung drängen sich mit all ihrer Habe in die Sicherheit der Burgmauern. Kühe, Ziegen, stinkendes

Federvieh... Und das vielleicht für Wochen und Monate. Ihr glaubt ja gar nicht, verehrte Binzela, wie es sich dann hier lebt.«

Es war wieder einmal Ermentrude, die ihm jeden Spaß nahm: »Jetzt lasst aber gut sein, Jerome. Ihr ängstigt das Kind ja zu Tode.«

Für Ranulf, den Spielmann, war Binzelas echter oder gespielter Schreck, wie auch immer, die Gelegenheit, ihr frech etwas ins Ohr zu flüstern. Zuerst war Jerome sich ganz sicher, dass ihr das Geflüsterte schmeichelte, doch dann wurde die junge Frau sich Ermentrudes Blicken bewusst und gab dem Spielmann eine beleidigende Antwort. Es war unübersehbar, dass ihn diese Abfuhr zutiefst kränkte. Doch konnte er es schlecht offen zeigen.

Nachdem die Gesellschaft Binzela wieder hinreichend beruhigt hatte, unterhielten sie sich noch ein wenig über die Hochzeitsfeierlichkeiten und deren genauen Ablauf, als Ermentrude erneut nach Erfrischungen verlangte. Doch obwohl sie Mechthild ausdrücklich gesagt hatte, dass sie sich in der Kemenate bereit zu halten habe, war sie verschwunden. Es war Jofried von Berge, der das Problem der fehlenden Erfrischungen löste, allerdings nicht zu Jeromes Zufriedenheit.

»Edle Ermentrude, wir sind noch erschöpft von der langen Reise und wir haben Eure Gastfreundlichkeit schon über Gebühr strapaziert. Wenn uns jemand unsere Unterkünfte zeigt, werden wir gehen und uns ausruhen.«

Der Kämmerer selbst wurde gerufen und brachte Binzela samt ihrem Vormund in die Quartiere. Auch der Spielmann verließ Ermentrudes Gemächer. Doch in der Tür drehte er sich noch einmal um und sah in Richtung der edlen Dame. Mit leiser, boshafter Stimme fragte er: »Wusstet Ihr eigentlich, Madame, dass Fräulein Binzelas Eltern und zwei Brüder nicht auf natürliche Weise starben? Der Mörder wurde übrigens nie ausfindig gemacht. Ich wollte nur, dass Ihr wisst, welchem Zufall sie ihr Vermögen verdankt.«

Und damit war er verschwunden. Irritiert starrte Ermentrude auf die sich schließende Tür, dann auf den verlegenen

Jerome.

»Was genau wisst ihr davon?«

Jerome hatte nichts sagen wollen, aber jetzt konnte er sich nur noch schlecht herausreden.

»Es wurden in meiner Anwesenheit nur Andeutungen gemacht. Nichts wurde je bewiesen. Ich weiß auch überhaupt nichts Genaues darüber. Fragt Arnold!«

Jerome wunderte sich, wie der Spielmann überhaupt von dieser Familientragödie erfahren haben konnte. Auch war die Tat nie mit Binzela in Verbindung gebracht worden. Dies waren lediglich böse Vermutungen. Und geredet wurde immer. Aber was wäre, wenn er vielleicht doch Recht hatte mit seinen Vermutungen? Was konnte man jetzt noch tun? Morgen war die Hochzeit.

Während der Samen, den der Spielmann bei Jerome auf so fruchtbaren Boden geworfen hatte, keimte und diesen in Panik zu treiben drohte, wandte sich Ermentrude ihrer Schmuckschatulle zu, um sie zu verschießen und wieder sicher in ihrer Truhe zu verstauen. Gerade als sie den Deckel schließen wollte sah sie es!

»Jerome!« Ermentrude starrte ungläubig in die schön verzierte Truhe. »Der Rubin! Er ist fort!«

Kapitel 6

Es begann eine fieberhafte Suche nach dem Rubin. Ermentrude zerrte mit einer ungewohnten Hektik alle Kissen von dem riesigen, vierpfostigen Bett, Bänke und Truhen wurden untersucht. Jerome rutschte auf alle Vieren über den Boden und untersuchte Zentimeter für Zentimeter die Binsen. Doch allen Maßnahmen zum Trotz, blieb der Rubin verschwunden. Hochrot im Gesicht und nass geschwitzt, gab Ermentrude die Suche auf.

»So hat das keinen Wert, Bruder! Wir sollten uns niedersetzen und logisch überlegen, wo der Schmuck geblieben sein könnte.«

»Soviel ist jedenfalls sicher«, gab Jerome zur Antwort. »Dieser Stein ist nicht mehr hier im Raum.«

»Sprecht es ruhig aus. Jemand hat mich bestohlen.« Ermentrude ließ ihre ausladenden Formen in die weichen Polster der Fensterbank sinken. Ein paar Staubwölkchen und eine winzige Feder tanzten im Sonnenlicht.

»Dieser Stein bedeutet mir mehr als alles andere in dieser Schmuckschatulle zusammen. Heinrich hat ihn mir bei unserer Hochzeit geschenkt. Und Ihr wisst, wie sehr ich Heinrich geliebt und verehrt habe. Ihr müsst mich für übertrieben sentimental halten, aber ich muss den Rubin zurück haben, koste es, was es wolle. Es waren nicht viele, die Gelegenheit hatten, ihn zu nehmen. Denkt nach, Jerome! Wer hatte das Schmuckkästchen in der Hand?«

»Da wäre zunächst Jofried.« Jerome begann, die in Frage kommenden Personen an den Fingern abzuzählen. »Er hat die Schatulle vom Tisch genommen und sie an Binzela weitergereicht. Zu diesem Zeitpunkt war der Stein noch an seinem Platz, wie wir sicher wissen. Binzela hatte ihn dann herausgenommen um ihn zu betrachten. Sie ist also unser Verdächtiger Nummer zwei. Nummer drei ist der Spielmann. Er trat ein paar Mal ziemlich nahe an Binzela heran, um ihr etwas ins Ohr zu flüstern. Er hätte dabei wohl Gelegenheit gehabt, in das Schmuckkästchen zu greifen.«

Jerome konnte nicht umhin, diesen Kerl, der sich so offensichtlich an Arnulphs Braut heranmachte, anzuschwärzen. Und er war ein Außenseiter. Seinesgleichen sog die Fähigkeit zum Stehlen mit der Muttermilch ein. Wer sonst konnte den Stein gestohlen haben. Mit dem Geld, das dieser Rubin einbrachte, konnte er sorglos bis ans Ende seiner Tage leben.

»Vergesst ihr nicht jemand, mein Lieber?« Ermentrude sah den Kaplan kriegerisch an. »Ihr könnt nicht einfach dem Spielmann die Schuld geben, nur weil er zu einer niederen Gesellschaftsklasse gehört.«

Eine der zahllosen Hauskatzen, die man in der Burg hielt, um die Mäuse in Schach zu halten, versuchte es sich auf Jeromes Schoss bequem zu machen. Er wischte das kleine Ungeheuer mit einer einzigen Handbewegung herunter. Böse fauchte der Kater ihn an und machte sich auf den Weg zu dem ohnehin viel gemütlicheren Bett. Jerome sah Madame von unten herauf an.

»Wen sollte ich vergessen haben?«

»Arnulph, zum Beispiel. Er war ebenfalls in diesem Raum. Er saß dicht neben Binzela. Ein schneller Griff und der Stein ist fort.«

Jerome war schockiert. »Wie könnt Ihr bloß so etwas auch nur andeuten? Euer eigener Großneffe. Was sollte er wohl für einen Grund haben, Euch zu bestehlen?«

Und wieder war da dieser Blick, der Jerome sagte, dass sie ihn für weltfremd und naiv hielt.

»Liebe macht nicht nur blind, wie man so schön sagt, sie verleitet auch zu dummen und unüberlegten Taten. Vor allem bei der Jugend. Gewiss ist es Arnulph nicht entgangen, wie sehr Binzela dieser Stein gefiel. Als ich ihn ihr nicht geben wollte, könnte er auf die Idee verfallen sein, ihn für sie zu stehlen.«

Niemals! Jerome kannte ihn besser. Er hatte ihn erzogen. Arnulph hätte versucht, den Schmuck seiner Tante abzukaufen, ja, vielleicht auch darum zu betteln, auch soweit würde er sich für seine Braut erniedrigen. Aber stehlen? Niemals, das war nicht seine Art.

»Wir werden niemanden ausschließen. Habt Ihr verstanden, Jerome? Niemanden! Aus nahe liegenden Gründen können wir ihn allerdings nicht mit unserer Vermutung konfrontieren. Wenn die Luft rein ist, werdet ihr unauffällig seine Räume durchsuchen. Und dann findet heraus, wo dieser Spielmann untergebracht ist. Ich nehme an, er hat ein Zelt oder einen Wagen draußen in der Vorburg, bei den anderen Gauklern und Händlern.«

Jerome deutete an, dass er wenig Sinn darin sehe, Arnulphs Zimmer zu durchsuchen. Wenn er wirklich der Dieb sei, könne er den Rubin ohne weiteres in der ganzen Burg verstecken. Worauf Ermentrude antwortete: »Nun ja, Ihr mögt Recht haben. Es gab da ja noch mehr Leute, die die nötige Gelegenheit gehabt hätten. Ihr, um nur Einen zu nennen.« Ein gehässiger Blick streifte den Kaplan.

»Das meint Ihr ja wohl nicht ernst«, stellte er entrüstet fest.

»Natürlich nicht. Es ist nicht Euer Ding, Euch in Gefahr zu begeben.«

Jerome ärgerte sich über sie und dem musste er Luft machen.

»Wenn wir schon dabei sind: Da gibt es noch jemanden, der eine gute Gelegenheit gehabt hätte, Euren Stein zu nehmen. Ihr selbst nämlich. Vielleicht wollt Ihr ja bloß ein wenig intrigieren. Nur so zu Eurer Unterhaltung.«

Wider Erwarten lächelte sie. »Danke für den Seitenhieb. Damit sind wir quitt. Konzentrieren wir uns also vorläufig auf Binzela und ihren Vormund. Alle beide hätten meinen Schmuck einstecken können. Ich kenne beide zu wenig. Erzählt mir etwas über sie. Was sind das für Menschen? Und wenn wir gerade dabei sind, möchte ich auch wissen, was dieser Barde vorhin mit seinen Andeutungen meinte. Ging, als ihre Eltern starben, irgendetwas nicht mit rechten Dingen zu? Was wisst Ihr darüber?« Jerome starrte hilflos auf seine Hände. »Und keine Ausflüchte jetzt!«

Jerome suchte umständlich nach Worten. Tatsächlich hatte er die beiden nur zweimal getroffen, während den Verhandlungen über Binzelas Mitgift. Ansonsten hatte sich die ganze Angelegenheit auf den Schriftverkehr beschränkt, den er in Arnolds Auftrag erledigt hatte. Daher, so erklärte er, könne er auch nur Vermutungen über den Tod der Eltern und Brüder anstellen.

Ermentrude setzte eine Miene auf, die sagte: Du lügst!

»Wollt Ihr vielleicht behaupten, Arnold holt sich eine Schwiegertochter ins Haus, über deren Geldbeutel und Lebenswandel er nicht genauestens Bescheid weiß? Oder wollt Ihr abstreiten, dass Ihr derjenige seid, der seit Jahren als sein privater Spion fungiert?«

Ermentrude war genauer informiert, als er erwartet hatte. Tatsächlich war es so, dass Arnold ihn hin und wieder damit betraute, gewisse Erkundigungen einzuziehen, für die er seine Hauptleute und Vögte nicht heranziehen wollte. Aus diesem Grund war ihm auch seinerzeit die zweifelhafte Ehre zuteil geworden, das Personal in Jofrieds Haushalt ein wenig auszuhorchen, derweil Arnold selbst Jofried und Binzela in endlose Gespräche verwickelt hatte. Und tatsächlich waren einige interessante Details zu Tage gekommen. Vor allem Jofrieds Köchin hatte sich als wahre Fundgrube entpuppt, wenn es darum ging, zu tratschen. Als wahrhaft gottesfürchtige und fromme Person lebte sie in dem Glauben, dass bei einem Geistlichen Geheimnisse gut aufgehoben seinen. Jerome hatte sein bestes getan, sie darin zu bestärken und seine Mühe hatte sich ausgezahlt. Er hatte sich an Platten voller Schmalzkringel und gebratenem Fasan gütlich getan. Doch noch mehr als das gute Essen, hatten ihn die Ausführungen über Binzela und Jofried gefreut. Binzela, so sagte die gemütliche Köchin, sei erst vor einem dreiviertel Jahr in Jofrieds Haushalt gekommen.

»Im Großen und Ganzen kam also Folgendes dabei heraus, Madame: Binzelas Eltern, äußerst wohlhabende Kaufleute aus Trier, waren auf einer Einkaufsreise nach Flandern, als gleich hinter Konz die Achse ihres Zweispänners brach und die Kutsche geradewegs in die Mosel fuhr. Beide kamen bei diesem Unfall ums Leben. Es wurde gemunkelt, hier sei etwas nicht mit rechten Dingen zugegangen.

Vor einer solch langen Reise war der Wagen natürlich

genau auf irgendwelche Schäden untersucht worden. Die Wagenknechte hatten, so ihre Aussage, keinerlei Beschädigung an der Achse feststellen können. Dennoch sagte der zuständige Vogt, der den Unfall untersuchte, aus, die Achse sei möglicherweise schon im Voraus beschädigt gewesen. Aber wie ich schon sagte: Es sind und bleiben Gerüchte. Bewiesen wurde nie etwas.«

Dame Ermentrude schenkte ihm wieder den Becher voll. Offensichtlich wünschte sie noch mehr zu erfahren.

»Binzela hatte aber doch noch Geschwister. Aber soviel ich weiß, ist sie die Alleinerbin des Vermögens. Was ist aus den anderen geworden?«

»Also, das war so... Äh, ja...«

»Jerome! Wir waren uns einig, dass Ihr alles erzählt, was Ihr wisst. Nun tut es auch!«

Sie war sich einig, dass er alles sagen würde, nicht er. Gott war sein Zeuge. Er wollte Binzela nicht in Verruf bringen. Immerhin war sie die neue Herrin. Aber Ermentrudes Wissensdrang konnten nur wenige widerstehen.

»Ihre Brüder wurden vergiftet!«

In die Stille hinein, die entstand, fragte Ermentrude realistisch: »Vor oder nach dem Unfall?«

»Kurz danach. Allerdings wurde angenommen, sie hätten selbst Hand an sich gelegt. Der Schmerz um den Tod der Eltern, Ihr versteht...«

Ermentrude hatte ihre imposante Figur von der Fensterbank erhoben, starrte in Richtung des Bettes, auf dem noch immer der große, schwarz-weiße Kater schlummerte und sagte mehr zu sich selbst als zu dem Kaplan: »Ich möchte wissen, warum Jofried von Berge sein Mündel so schnell los werden wollte. Sie besitzt ein recht großes Vermögen. Und wenn er es eine Weile für sie verwaltet hätte, wäre das auch für ihn von Vorteil.«

Vielleicht starben ihm die Leute in Binzelas Umfeld zu schnell und zu früh, dachte Jerome boshaft.

Ein Bote ersparte ihm weitere Diskussionen über dieses Thema. Der über und über von der Reise mit Staub beschmutzte Mann brachte die Nachricht, Arnold sei auf dem

Heimweg. Sein Tross mache gerade eine letzte Rast an der Quelle bei Bietzen und man könne die Männer noch am selben Abend auf der Burg erwarten. Arnold wünsche noch am gleichen Abend, mit seinen Burgmannen über seinen Besuch beim Erzbischof zu reden.

»Alles Weitere steht in diesem Schreiben«, sagte der Mann und wollte Jerome einen Brief übergeben, den er aus seiner Gürteltasche zog. Doch Ermentrude war schneller. Noch bevor der Kaplan protestieren konnte, hatte sie dem verdutzen Soldaten den Brief aus der Hand gerissen, das Siegel gebrochen und die Nachricht überflogen.

»Oh, wie ich hoffte. Arnold hat es geschafft, den Erzbischof wieder mit Herzog Mathäus zu versöhnen. Der gute Junge! Ein wahrer Diplomat! Also wird er sich in Ruhe unserem kleinen Problem hier widmen können. Allerdings würde ich ihm schon gerne mehr sagen, über diesen Diebstahl und auch über die mysteriöse Tote dort unten im Verlies.«

Ohne sich im Geringsten über die erstaunten Blicke des Boten zu kümmern, raffte sie ihre Röcke und war schon im Begriff, die Kemenate über die steile Wendeltreppe zu verlassen, als sie sich noch einmal umdrehte.

»Ich werde jetzt ein ernstes Wörtchen mit den Steinmetzen reden und Ihr, Jerome, macht als erstes den Wagen des Spielmannes ausfindig. Und dann tut ihr, was wir besprochen haben.« Unnötigerweise fügte sie noch hinzu: »Und lasst Euch nicht dabei erwischen.«

Jerome tat, was ihm die Dame aufgetragen hatte. Leider musste er sich eingestehen, dass er dabei nur bescheidenen Erfolg hatte. Gewissenhaft fragte er sich durch die Menge der Händler und Schauspieler, bis er von einem Reliquienhändler die Auskunft erhielt, dieser rothaarige Spielmann habe seinen Wagen neben dem seinen in der Vorburg aufgeschlagen. Daraufhin machte es dem Kaplan keine Schwierigkeiten mehr, den bunten Wagen neben all den Zelten ausfindig zu machen. Geduldig wartete er in sicherem Abstand, bis er sich sicher war, dass der Wagen leerstand.

Er blickte sich verstohlen um und lugte dann unter die

Plane. Im Inneren herrschte ein unüberschaubares Durcheinander. Der Geruch von alten Schuhen und ungewaschenen Kleidern drang ihm in die Nase. Empfindlich, wie er nun einmal war, bedeckte er seine Nase mit dem Ärmel seiner Kutte und machte sich auf die Suche. Wo in diesem Chaos sollte er einen kleinen Schmuckstein finden? Oder zumindest einen Anhaltspunkt dafür, dass der Besitzer des Wagens ein Dieb war? Immerhin war der Rothaarige ein Spielmann und das allein genügte Jerome, ihn zu verdächtigen. Es war angebracht, solchen Leuten mit Misstrauen und Verachtung zu begegnen. Musikanten waren Außenseiter. Sie waren von Natur aus alle Diebe, und so war wohl auch dieser hier nicht im Stande, zwischen Mein und Dein zu unterscheiden. Und wenn er den Stein hier fand, waren alle anderen aus dem Schneider.

Eine Stimme, die Jerome nur allzugut kannte, verhinderte weitere Nachforschungen.

»Sucht Ihr etwas, Bruder? Kann ich Euch vielleicht helfen?«

Der Spielmann, wer sonst! Dieser miese, kleine Kerl hatte sich so leise angeschlichen wie eine Katze. Ehrenmänner taten sowas nicht. Sie näherten sich ehrlich und offen von vorne. Peinlich berührt durch den Frager in seinem Rücken, suchte er verzweifelt nach einer Ausrede. Ermentrude hatte ihm das eingebrockt.

»Ich... äh... ich soll Euch von Dame Ermentrude ausrichten, dass sie Euch noch einmal zu sprechen wünscht. Weshalb weiß ich nicht.« Prima, die Ausrede war nicht schlecht. Sollte sie es doch ausbaden. Und bevor die Lage für ihn noch unangenehmer werden konnte, eilte er mit wehender Kutte davon, vorbei an einem hämisch grinsenden Spielmann, der sich offenbar überhaupt nichts aus diesem Zwischenfall machte. Es war nicht zu übersehen, dass er den Reinfall des Kaplans genoss.

Ermentrude kehrte indessen befriedigt von ihrer Unterhaltung mit den Steinmetzen zurück. Die Dame hatte Neues in Erfahrung bringen können, worüber sie jetzt ersteinmal in Ruhe nachdenken wollte. Mit einem tiefen Seufzer und der Gewissheit, dass niemand sie beobachtete, ließ sie sich rücklings in die Seidenkissen auf dem soliden Bett fallen.

Der Maurer hatte ihr erklärt, sie hätten damit begonnen, die alten Rohre der Zisterne freizulegen, um zu sehen, welche man noch reparieren könne und welche man vollständig ersetzen müsse. Eines der beiden Rohre, die von einem kleineren Sammelbecken in das große Auffangbecken hinunterführten, war gleich unterhalb der Eintrittsöffnung auseinander gebrochen, sodass es überhaupt keine Verbindung mehr zu dem Becken hatte. Also hatten sich die Handwerker beraten und waren zu dem Schluss gekommen, dass es das Unkomplizierteste sei, nur diesen oberen Teil der tönernen Leitung zu ersetzen und wieder an das Außenbecken anzuschließen. Doch als sie die Tonröhre aus der Erde heben wollten, waren sie auf die Frau gestoßen. Zuerst hatten sie sie für ein totes Tier gehalten. Und wichtigtuerisch wie Handwerker waren, hatte der Steinmetz Ermentrude auch gleich eine Erklärung mitgeliefert, wie es möglich war, dass diese Leiche überhaupt zur Mumie wurde, anstatt zu verwesen. Und Ermentrude hatte fasziniert zugehört.

Die Dame erwog in Gedanken alle Möglichkeiten und kam zu dem Schluss, dass der Mann Recht haben musste. Eine Leiche wurde nur dann mumifiziert, wenn sie entweder unentwegt im Durchzug hing oder zumindest auf einer Unterlage lag, wie etwa feiner, trockner Sand, der die Körperflüssigkeiten sofort aufnahm. In einer Wasserleitung, wie in diesem Fall, hätte sie eigentlich faulen müssen. Das gesamte Trinkwasser wäre vergiftet worden. Der Steinmetz musste Recht haben. Dieses Rohr konnte unmöglich noch benutzt worden sein, nachdem die Leiche hier deponiert worden war. Aber war es wirklich keinem aufgefallen? Dame Ermentrude gab sich hierauf ohne lange nachzudenken die Antwort. Nein, unwahrscheinlich. Niemand kümmerte sich hier um eine defekte Wasserleitung, solange noch genügend andere intakt waren. Gewiss hatte das eine noch unversehrte Rohr ausgereicht, das kleine Zulaufbecken immer wieder zu leeren.

Ein Räuspern ließ Ermentrude aus ihren Gedanken auffahren.

»Verzeiht, Madame, ich wollte Euch nicht erschrecken. Aber Ihr hattet mir Euren Kaplan geschickt, der mir ausrichten sollte, Ihr wolltet mich sehen. »

Ranulf stand unverhofft im Eingang. Lässig hatte er die Arme übereinander geschlagen und lehnte am Türpfosten.

Grundgütiger, dachte Ermentrude, er hat Jerome also doch in seinem Wagen erwischt. Dieser Mönch stellte sich aber manchmal auch wirklich zu töricht an.

Trotz ihres vorgeschrittenen Alters funktionierte Ermentrudes Geist noch immer sehr schnell und wendig. Sie wagte einfach einen Schuss ins Blaue.

»Sagte er Euch, worum es geht?«

»Nein, Madame, ich hatte eher den Eindruck, dass er das selbst nicht so genau wusste.«

»Es geht um Eure Andeutung heute Mittag. Ihr wisst, was ich meine: Mademoiselle Binzela. Was wolltet Ihr damit sagen, ihre Familie sei nicht auf natürliche Weise gestorben?«

Ranulf blickte die Dame listig von unten herauf an und betrachtete dann seine Fingernägel. »Genau das, was ich sagte. Ihre Eltern sind mit einer Kutsche in den Fluss gerasselt. Und zwar mit einer Kutsche, deren Achse angesägt war. Und ihre Brüder, denen der größte Teil des Erbes zugefallen wäre, starben an Gift. An Fingerhut, um genau zu sein.«

»Könnte es sein, dass Ihr derart gehässig über Arnulphs künftige Frau redet, weil sie Euch heute Mittag hat abblitzen lassen«, forschte Ermentrude nach.

Der Spielmann ließ ein spöttisches Lachen hören, wobei sich sein spröder, roter Schnurrbart spreizte und sich erstaunlich ebenmäßige Zähne zeigten. »Und was hätte ich wohl davon? Ich habe es nicht nötig, einer solchen Person nachzustellen. Ihr seid gewiss mit mir der Meinung, dass es innerhalb dieser Mauern weitaus hübschere und begehrenswertere Damen gibt, als diese kleine, dickliche Binzela. Und da sie ohnehin morgen heiratet... Was hätte ich also zu gewinnen, wenn ich ihr schöne Augen machte?«

Ermentrude wurde langsam böse auf den Mann, der von so geringem Stand war und sich doch mit seinem frechen Mundwerk aufführte, wie es nicht einmal einem Ritter zugekommen wäre.

»Ihr riskiert einiges, wenn Ihr so über die zukünftige Frau meines Großneffen redet. Wenn man es genau nimmt, könnte man Euch mit dem Leben dafür bezahlen lassen. Ich sollte Euch warnen.«

Der Barde zeigte sich wenig beeindruckt. »Ihr habt mich danach gefragt und ich habe Euch eine ehrliche Antwort gegeben. Seid wann werden Ehrlichkeit und Aufrichtigkeit bestraft?«

Ermentrude wurde dieser Unterhaltung langsam überdrüssig. War es nur das Gerede eines gekränkten Liebhabers oder mochte tatsächlich etwas hinter diesen Anschuldigungen stecken?

Der Barde stieß sich lässig vom Türrahmen ab und schlenderte zur Fensterbank, wo er sich bequem niederließ und ein imaginäres Stäubchen von seinem weißen Leinenhemd schnippte. Träge schlug er die langen, dünnen Beine übereinander, derweil Ermentrude ihn argwöhnisch beobachtete. Er zeigte wenig von der Ehrerbietung, die seinem Stand in Gegenwart einer so hoch gestellten Persönlichkeit wie Dame Ermentrude zugekommen wäre.

»Woher wisst Ihr überhaupt soviel über Binzelas Familie?«

»Ich bin Spielmann, Madame. Ich komme weit herum. Und gerade im Trierer Land halte ich mich oft auf. Ein Spielmann mit meinen Fähigkeiten ist in den vornehmsten Häusern gerne gesehen. Und die Leute reden viel. Vor allem ihre Mägde sind mir sehr zugetan. Sie unterbreiten mir liebend gerne allen Klatsch, nur um mich in ihrer Nähe zu haben«, antwortete er mit einem schelmischen Augenzwinkern.

Eingebildeter Laffe, dachte Ermentrude und laut sagte sie: »Es ist schon spät. Ich denke, ich sollte mich jetzt ein wenig ausruhen.«

Der Spielmann verstand die Aufforderung und ging. Arnolds Tante ließ sich wieder auf ihrem Lieblingsplatz am Fenster nieder. Draußen begann es bereits zu dämmern, die Knechte und Mägde kamen mit ihren Arbeiten zum Ende und der Betrieb im Hof legte sich. Trotz der Ereignisse des Tages, bot sich der Dame ein friedliches Bild. Gut behütet lagen die Burgmannenhäuser innerhalb des Mauerringes, umgeben von ihren Gärten, vor denen die ersten Frühlingsblumen einen bunten Teppich ausbreiteten. Salbei, Fenchel und sogar schon erste Rosen wetteiferten darum, den Feiertag zu begrüßen. Auf dem Wehrgang schickten sich die Wachen zur Wachablösung an. Es waren französische und deutsche Söldner, die für diesen Wachdienst bezahlt wurden. Arnold verzichtete darauf, sich auf die Bauern der Umgebung zu verlassen, die ihrem Frondienst stets mehr schlecht als recht nachgekommen waren. Männer, die für gutes Geld arbeiteten waren einfach zuverlässiger. In einer Grenzfeste konnte man sich in dieser Hinsicht keine Nachlässigkeit leisten.

Ermentrudes Blick schweifte über den Hof weiter in Richtung des Tores. Sie stutzte. Gerade hatten die drei Söldner, die die neue Wache übernahmen die Waffenkammer verlassen, wo sie sich mit Pfeil und Bogen ausgerüstet hatten, als jemand anderer sich unten verstohlen nach allen Seiten umsah und dann durch die mit Eisen beschlagene Tür in die Waffenkammer schlüpfte. Er blieb nur wenige Minuten. Dann verließ er den Ort mit weit ausgreifenden Schritten. Als die abgelösten Soldaten die Kasematte betraten, um ihre Waffen abzulegen, fanden sie alles so vor, wie ihre Kollegen es verlassen hatten. Niemand war mehr dort. Doch Ermentrude hatte den Eindringling trotz der zunehmenden Dunkelheit deutlich erkannt. Es war Ranulf, der Spielmann.

Kapitel 7

Der Tross hatte noch in der Dunkelheit bei Rehlingen übergesetzt, Graf Arnold kannte den steilen Aufstieg den Siersberg hinauf wie seine Westentasche. Wozu also noch einmal übernachten? Der Graf und seine Begleiter waren bester Laune. Es war ihnen gelungen, den Erzbischof in Trier erstaunlich leicht milde zu stimmen und nichts stand den Festlichkeiten und vor allem dem Turnier morgen im Wege.

Arnold von Siersberg rückte seine zwei Zentner Lebendgewicht im Sattel zurecht. Er bot ein imposantes Bild, kerzengerade auf dem Rücken seines mächtigen Schlachtrosses sitzend, gekleidet in seine Rüstung. Darüber trug er seinen Wappenrock mit dem goldfarbenen Schild und dem vierlätzigen Turnierkragen darauf. Vielleicht war diese Art der Reisekleidung etwas unbequem, doch der Weg nach Trier war alles andere als sicher. Vor allem in den dunklen Wäldern des Hochwaldes musste man mit Angriffen von Dieben und Wegelagerern rechnen.

Je näher Arnold der Burg kam, umso mehr besserte sich seine Laune. Einerseits deshalb, weil es ihm gelungen war, den Bischof und seine studierten Schreiber über den Tisch zu ziehen, wie er glaubte, zum anderen, weil er unterwegs einen edlen Wein erstanden hatte, von dem jetzt kaum noch etwas übrig war.

Als Arnold und seine Begleiter in den Hohlweg einbogen, der das erste Stück des Aufstiegs ausmachte, riss er fast eine der Ehrenpforten um, die die Bewohner für Binzelas Empfang aufgestellt hatten.

Mittlerweile musste seine zukünftige Schwiegertochter eingetroffen sein. Nicht, dass Arnold auf eine Frau im Hause scharf wäre. Sie brachten viel Ärger mit sich. Aber es war einfach an der Zeit, Arnulph zu verheiraten, damit die Linie derer von Siersberg weitergeführt werden konnte. Er wusste wohl, dass Binzelas Aussehen zu wünschen übrig ließ, aber ihr Geldbeutel war prall gefüllt. Und Arnulph war zufrieden. Er hatte sich auf Anhieb in Binzela verliebt. Er liebte ihre Tugenden, ihre Schwächen bemerkte er nicht. Arnold hoffte, dass dies lange so blieb. Und wenn nicht, die Siersburg beherbergte viele schöne Mägde.

Arnolds Pferd kannte den Weg und kam auch im Dunkeln zügig voran. Das große, stämmige Tier, eigens für Schlachten gezüchtet und ausgebildet, zeigte trotz des weiten Weges und der schweren Last, die es trug, keinerlei Ermüdungserscheinungen.

Zärtlich tätschelte Arnold dem Hengst den Hals und nahm schmatzend einen tiefen Schluck aus seinem Weinschlauch. Genau in diesem Moment machte das Tier einen Satz, um einem Hindernis zu entgehen und ein gehöriger Schwall des Rebensaftes ergoss sich über Arnolds Sonntagsstaat. Der Graf fluchte.

Kurz bevor die Truppe die Vorburg erreichte, erspähte einer der Männer eine Gestalt, die sich unterhalb der äußeren Burgmauer zu schaffen machte.

»Nun seht euch das an! Da vergräbt tatsächlich noch um diese Zeit einer Müll. Ich sehe, man hält sich an meine Anweisungen. Ich hatte den gute Jerome beauftragt, alles auf Vordermann zu bringen und er lässt die Männer bis in die Nacht schuften«, witzelte Arnold.

»Ja, aber der Kerl lebt gefährlich«, antwortete der Bewaffnete, der neben Arnold herritt. »An dieser Stelle können ihn nicht einmal die Wachen sehen, wenn ihm etwas passiert.«

Wer dort allerdings so spät in der Nacht noch fleißig war, konnten die Männer nicht erkennen. Die Nacht war mondlos und vor der schwarzen Silhouette der Burg war der Mann nur schemenhaft zu erkennen. Hätte er sich nicht bewegt, hätten die Ankommenden ihn wahrscheinlich überhaupt nicht bemerkt. Freundlich hob Arnold die Hand und rief dem Mann einen Gruß zu. Der Weg machte eine letzte Kehre und die Gruppe stand vor dem äußeren Tor.

Weil ein Bote die Ankunft des Grafen noch für die Nacht angekündigt hatte, war die Zugbrücke heruntergelassen. Zwei Fackeln rechts und links des Tores erhellten den Zugang zur Burg. Gut gelaunt grüßte Arnold die Wachen.

»Gott mit euch, Kameraden! Ruft mir die Ritter zusammen, ich habe noch mit ihnen zu reden. Und weckt mir auch den Kaplan. Falls ihr ihn nicht in seinem Bett findet, sucht in der Kapelle nach ihm.« Arnold drehte sich zu seinen Begleitern um und frotzelte: »Er betet ja gerne zu allen möglichen und unmöglichen Zeiten um die Vergebung seiner Sünden. Muss ganz schön was auf dem Kerbholz haben, der fromme Mann.« Arnold lachte lauter als alle anderen über seinen Witz. In Wirklichkeit war er Jerome sehr zugetan. Aber wenn er das immer zeigte, würde er eines Tages noch überheblich werden, der gute Bruder.

Die Reitknechte eilten herbei, um die Pferde zu versorgen. Arnold führte das seine selbst in den Stall, rieb es sorgfältig ab, brachte ihm Wasser und streute frisches Heu in seine Box. Zuerst das Pferd, dann alles andere. So hatte er es immer gehalten. Dann begab er sich geradewegs in den Rittersaal. Nacheinander erschienen alle seine Burgmannen. Manche mürrisch, wegen der späten Stunde, andere besorgt, wieder andere nur neugierig. Auch seine Tante Ermentrude hatte sich wie selbstverständlich von ihrer Schlafstatt erhoben und war mit den Männern in den Rittersaal gegangen. Jerome hatte eigens einen bequemen Stuhl für sie hereintragen lassen, einen von der stabilen Sorte natürlich. Da Ermentrude zurzeit über keine Zofe verfügte, die ihr beim Ankleiden half, hatte sie einfach einen weiten schwarzen Umhang über die zahllosen Schichten ihres Nachtgewandes geworfen.

Auch Jofried von Berge, obwohl nur Gast, war ebenfalls gekommen. Binzela ließ sich entschuldigen. Auch wenn sie ab morgen als Hausherrin galt, so war Politik doch Männersache. Und sicherlich wollte Binzela nicht den Schlaf an etwas hängen, von dem sie sowieso nichts verstand. Für Ermentrude galten allerdings andere Maßstäbe. Keiner der Männer nahm Anstoß an ihrer Gegenwart.

Während die Ritter der Siersburg sich versammelten, begrüßte Arnold Jofried von Berge und seine Tante hocherfreut. Beide verband ein inniges Verhältnis. Seit dem Tod seines Onkels Heinrich von Saarwerden, Ermentrudes geliebtem Gatten, war das Verhältnis noch enger geworden. Heinrich hatte keine direkten Erben und wegen seines plötzlichen Todes auch kein Testament hinterlassen. So sah das Gesetz vor, dass sein gesamtes Kirkeler Erbe an seine Neffen fiel. Die waren neben Arnold und Johann von Siersberg keine geringeren als Ludwig und dessen Bruder Heinrich von Saarwerden, Dietrich von Randeck und Alexander von Stahleck. Ermentrudes Einfluss war es zu verdanken, dass die Siersberger die Anteile derer von Randeck und Stahleck käuflich erwerben konnten. Ob dieses Machtzuwachses im Hause Siersberg war dann im letzten Jahr die Teilung erfolgt. Johann, Arnolds Bruder bekam das Erbe des Heinrich von Kirkel und Arnold die Güter und Rechte der Siersberger.

Inzwischen waren alle Burgmannen im Rittersaal eingetroffen. Es herrschte eine stickige Atmosphäre und die letzten Ankömmlinge, die nahe beim Eingang standen, konnten Arnold im flackernden Licht der rußenden Fackeln nur schlecht sehen. Seine Stimme drang dagegen deutlich bis in die hintersten Reihen.

»Wie Ihr alle wisst«, hob Arnold an, »hat unser Lehnsherr, der ehrenwerte Herzog Mathäus II. von Lothringen, es wieder einmal für an der Zeit befunden, gegen den Erzbischof Arnold von Trier zu rebellieren. Er möchte dessen Wahl zum Erzbischof von Trier nur unter gewissen Bedingungen anerkennen. Bedingungen, auf die Arnold von Isenburg nicht eingehen wollte. Und so hat dieser gedroht, die Siersburg notfalls mit Waffengewalt einzunehmen. Aufgeschreckt durch diese radikale und unchristliche Antwort des Gottesmannes, hat Mathäus mich entsandt, die Sache wieder ins Lot zu bringen. Ich war befugt, Arnold von Isenburg zu sagen, dass Mathäus bereit ist, ihm erneut den Lehenseid für die Siersburg zu leisten, wenn er ihm in gewissen Angelegenheiten entgegenkommt. Nun, wie wir alle wissen, hatte der gute Bischof in letzer Zeit beträchtliche Auslagen.« Lautes Gelächter war die Antwort und Arnold hob beschwichtigend beide Hände. »Ich bin nicht befugt, über die besagten Angelegenheiten des Herzogs hier offen zu sprechen. Nur soviel: Es war nicht allzu teuer, Arnold von Isenburgs Zustimmung zu kaufen.« Beifälliges Gemurmel wurde laut.

»Aber womit hast du die Burg denn nun frei gekauft?« Ermentrude rückte ihre ausladenden Formen samt den zahllosen Brüssler Spitzen ihres Nachtgewandes im Klappsessel zurecht. Sofort erstarben alle Stimmen im Saal, denn jeder war neugierig auf diese Antwort. Auch Jerome musste zugeben, dass er gespannt war. Der Kaplan stand etwas abseits hinter Arnolds Sessel und machte sich Notizen für die Depesche, die er für den Herzog über das Ergebnis von Arnolds Dienstreise anfertigen musste. Doch was er jetzt hörte, verschlug ihm fast die Sprache.

»Mit Billigung des Herzogs habe ich Erzbischof Arnold einige Einkünfte der Abtei Peter und Paul in Busendorf geschenkt. Und zwar die Hälfte des Zehnten, das Patronatsrecht sowie die Schirmvogtei über das Kloster. Wenn er es schlau anstellt, kann er einiges für sich dabei herausholen. Und der Herzog wird froh sein, wenn er diese Bürde los ist. Es hat in letzter Zeit nichts als Reibereien mit den Mönchen gegeben.«

Jerome schnappte nach Luft. »Wie konntet Ihr so etwas tun«, entfuhr es ihm empört. Arnold drehte sich langsam in seinem Sessel herum und sah ihn höchst erstaunt an.

»Verzeiht, Bruder, aber ich wusste nicht, dass ich zuerst hätte Eure Zustimmung einholen müssen.«

Im Saal brach allgemeines Gelächter aus. Alle Blicke richteten sich auf Jerome. Dessen Mut sank, als er sich so plötzlich im Mittelpunkt des Interesses sah und er hätte sich ohrfeigen mögen für seine voreilige Klappe. Doch jetzt erwarteten alle eine Erklärung von ihm. Er räusperte sich erst einmal, um Zeit zu gewinnen.

»Nun, äh... ich dachte mir... na ja... Wovon sollen meine Mitbrüder nun leben, wenn sie ihre gesamten Einkünfte mit dem Erzbischof teilen müssen. Wir alle wissen um dessen Habgier.« Jerome redete sich in Fahrt. »Und dann die Vogtei über das Kloster. Für seinen Schutz wird er die Geldkassen der Brüder plündern.«

»Es spricht für Euch, dass Ihr so sehr um das Wohlergehen Eurer Brüder besorgt seid. Aber seid versichert, der Erzbischof wird sie nicht hungern lassen. Niemand schlachtet ein Huhn, das goldene Eier legt. Etwas weniger Völlerei wird den Mönchen nicht schaden. Und was Euch betrifft, Jerome, werdet Ihr nicht mit den anderen darben. Der Bischof wünscht, dass Ihr hier bleibt und weiterhin Eure Arbeit als mein Sekretär verseht. Ich hoffe, damit seid auch Ihr zufrieden gestellt.«

Damit wandte sich Arnold wieder seinen Mannen zu, ohne den Mönch auch nur eines weiteren Blickes zu würdigen. Jerome presste die Lippen fest aufeinander und setzte eine sauertöpfische Miene auf.

Freilich konnte er sich nicht lange seinen Betrachtungen hingeben, denn schon traf ihn der nächste Schlag. Eine wohl bekannte, schleimige Stimme hatte das Wort ergriffen. Philipp von Itzbach, wer sonst?

»Wenn Ihr dieses Problem ja so hervorragend gelöst habt, könnt Ihr Euch ja jetzt den hausinternen Angelegenheiten widmen. Es hat einen Mord gegeben«, tönte er gewichtig, »des Weiteren einen Diebstahl und zu guterletzt das Verschwinden eines Dienstmädchens.« Philipp machte eine theatralische Pause, um seine Worte wirken zu lassen.

Jeder konnte sehen, wie sehr der kleine, fette Mann es genoss, sich in den Mittelpunkt gerückt zu haben. Arnolds erstauntem Blick entnahm er, dass er tatsächlich der Erste war, der ihm die unangenehmen Neuigkeiten berichtete. Entzückt und nach Anerkennung heischend, blickte sich der Gnom im Saal um. Er hatte wieder einmal zeigen können, dass er mehr wusste als die meisten anderen. Nach dem Motto »Wissen ist Macht« versuchte Philipp alles über jeden zu erfahren, was es zu erfahren gab, um es irgendwann einmal für seine Zwecke verwenden zu können.

Jerome fragte sich, woher Philipp schon von dem Diebstahl des Rubins erfahren haben konnte. Mechthilds Verschwinden dagegen war kein Geheimnis mehr. Ermentrude hatte Leute ausgeschickt, die überall nach der Zofe gefragt hatten. Sicher war auch Philipp nicht verschont geblieben. Der Kaplan war so sehr mit seinen eigenen Gedanken beschäftigt, dass er gar nicht merkte, wie Arnold ihn dringend auf eine Erklärung wartend ansah. Ermentrude half ihm aus der Verlegenheit.

»Genau in dieser Angelegenheit wollten dein Kaplan und ich noch mit dir reden. Aber ich glaube nicht, dass das Verschwinden meiner Zofe von so gravierender Bedeutung ist, dass es hier öffentlich erörtert werden müsste. Möglicherweise hat Mechthild die Gelegenheit genutzt und ist mit einem Mann durchgebrannt.«

Wer Mechthild kannte, konnte sich nicht vorstellen, dass ein Mann sie überhaupt irgendwie reizen konnte und der Gedanke, sie sei mit einem von ihnen davongelaufen war geradezu lächerlich. Mechhild war kein junges Ding mehr, das sich Hals über Kopf verliebte und dann Dummheiten machte. Aber den meisten kam diese Erklärung gelegen, konnte man sich doch endlich zur Nachtruhe zurückziehen.

»Nun, mein Lieber, wenn du nicht zu erschöpft bist, können wir uns später noch unterhalten. Ansonsten glaube ich, dass du die Versammlung auflösen kannst. Deine Männer sehen müde aus und es ist ja nichts geschehen, was nicht bis morgen warten könnte«, sagte Arnolds Tante mit Nachdruck und funkelte dabei Philipp von Itzbach böse an. Doch wie alle dummen Menschen, die sich selbst zu wichtig nehmen, wollte dieser keine Ruhe geben.

»Ich glaube sehr wohl, dass die Ereignisse hier alle angehen. Und in aller erster Linie ist es ja der Mord, der hier aufgeklärt werden muss, nicht nur das Verschwinden Eurer Dienstmagd.«

Philipp von Itzbach war nicht gewillt, den Saal zu verlassen. Er fühlte sich um seine Vorstellung betrogen. Arnold, der noch immer nicht wusste, worum es hier überhaupt ging, entledigte sich seiner.

»Ihr könnt sicher sein, Philipp, wenn hier etwas geschehen ist, das meine Aufmerksamkeit erfordert, werde ich mich in gewohnter Weise darum kümmern. Bis dahin werden meine Tante und Bruder Jerome mich über die Tatsachen aufklären. Ich möchte Euch nicht länger bemühen. Ihr könnt Euch zurückziehen.«

»Ihr alle«, fügte er hinzu, als Philipp sichtlich missvergnügt die Arme vor der Brust verschränkte und stehen blieb, während alle anderen den Saal verließen. Aufsässig starrte er Arnold an. Doch dann drehte er sich um und watschelte auf seinen dicken, kurzen Beinen hinaus.

»Ein unangenehmer Mensch. Er fiel uns schon am Vormittag auf, als wir hier ankamen. Diese Tote, von der er sprach, scheint heute sein Lieblingsthema zu sein. Mein armes Mündel ist seitdem in höchstem Maße verunsichert.« Jofried von Berge war ebenfalls zurückgeblieben, um noch ein paar Worte mit Arnold zu wechseln.

»Das tut mir aber wirklich Leid, mein lieber Jofried. Ich hoffe, sie erholt sich wieder. Leider ist es mir nicht möglich, diesen Kerl loszuwerden. Der Herzog hat ihn mit einem der Burgmannenhäuser hier belehnt und dort sitzt er wie eine Spinne in ihrem Netz und lauert auf seine Opfer.«

Obgleich Arnold noch immer seine besten Kleider trug, konnte er mit Jofrieds Eleganz nicht konkurrieren. Selbst jetzt, nachdem man den Gast mitten in der Nacht aus dem Bett geholt hatte, war er elegant gekleidet. Das Gewand das er trug, hatte lange, weite Ärmel, die fast bis auf den Boden reichten. Dazu trug er einen zweifarbigen Überrock und zweierlei Strümpfe. Diese Mode kam aus Italien und nannte sich »Mi Parti«. Laut der Kleidervorschriften war sie nur für Ritter oder noch Höhergestellte erlaubt. Doch diesen Kaufmann und sein Mündel interessierten Kleiderordnungen offenbar nicht. Arnold betrachtete mit Verwunderung die Schnabelschuhe, die Jofried an seinen Beinen hatte festbinden müssen, um nicht darüber zu stürzen. Selbst die Haare waren trotz der späten Stunde einwandfrei frisiert.

Bei Arnold hingegen war nicht mehr viel, das man noch hätte frisieren können. Sein runder Schädel war kahl. Nur die Augenbrauen zeigten sich dick und buschig und in altgewohnter Fülle. Seine Kleidung war weniger geckenhaft als die Jofrieds. Rüstung und Wappenrock hatte er abgelegt und darunter trug er schwarzes, solide und gut gearbeitetes Tuch. Wer ihn nicht kannte, hätte ihn leicht für einen seiner Männer halten können, denn Arnold pfiff von jeher auf Kleiderverordnungen. Er zog an, was ihm zweckmäßig erschien.

»Wenn ihr erlaubt, Arnold, möchte ich mich jetzt ebenfalls zurückziehen. Morgen erwartet uns alle ein anstrengender Tag«, näselte Jofried und Arnold entließ seinen Gast mit einem Kopfnicken. Dann wandte er sich an Arnulph.

»Du möchtest sicher auch gehen und nach deiner Braut sehen, falls sie durch das Zusammentreffen mit Philipp nicht zu leidend ist. Jofried hörte sich ja an, als sei sie schon reif für das Siechenhaus.«

Arnulph lachte. Er verstand die etwas derben Scherze seines Vaters.

»So schlimm ist es nicht. Es ist die Sorge um sein Mündel, die Jofried etwas übertreiben lässt. Dennoch kann es nicht schaden, wenn ich noch einmal nach ihr sehe.« Damit beugte er sich zu seiner Großtante hinunter, die ihn stolz anlächelte, schlug seinem Vater kameradschaftlich auf die Schulter und brachte es tatsächlich fertig, seinen Kaplan vollkommen zu übersehen. Leicht gekränkt beschloss Jerome, es heute einmal zu ignorieren. Immerhin war der Bursche ja auf dem Weg zu seiner Braut.

Kaum waren sie allein, brach das Donnerwetter los. Es war verständlich, wenn Arnold sich ärgerte. Niemand mag es, wenn in seinem Haus Dinge vor sich gehen, von denen er nichts weiß. Aber hatte überhaupt jemand Zeit gehabt, ihn aufzuklären? Arnold war angekommen, hatte seine Ritter versammelt und ihnen das Ergebnis seiner Mission mitgeteilt. Und dann hatte Philipp sofort die Bombe platzen lassen. Also verschlossen Ermentrude und Bruder Jerome fest ihre Lippen und ließen den Grafen brüllen. Diese alte Methode bewährte sich aus diesmal. Als Arnold keine Antwort bekam, verebbte sein Gebrüll so schnell, wie es begonnen hatte.

»Möchtest du, dass ich dir einen Becher Wein hole«, flötete Ermentrude in die so plötzlich entstandene Stille hinein.

»Oder vielleicht irgendwelche anderen Erfrischungen, mein liebster Neffe?«

»Nein, dein »Liebster Neffe« möchte davon in Kenntnis gesetzt werden, was während seiner Abwesenheit hier vorgegangen ist. Wenn dein »liebster Neffe« sich richtig entsinnt, sprach Philipp von Diebstahl, Entführung und Mord.«

»Das zeigt nur einmal mehr, wie sehr der Mann übertreibt.« Ermentrude verschränkte die Arme unter ihrer ausladenden Brust. Sie hatte sich eine so schöne und harmlose Version der Dinge zurechtgelegt, dass Arnold die Mumie eher als eine zusätzliche Unterhaltung angesehen hätte, denn als eine Provokation. Aber es war typisch für Philipp, dass er alle sorgfältig geplanten Vorkehrungen mit seinem vorlauten Mundwerk zunichte machte. Dieser Mann war eine Prüfung Gottes für jeden der in seine Nähe kam.

»Also?« Arnolds Gesicht hatte ein Unheil verkündendes Purpurrot angenommen.

»Erklärt Ihr es, Jerome.«

»Also«, begann der Kaplan vorsichtig, sorgsam nach den richtigen Worten suchend, um den Grafen nicht noch mehr in Rage zu bringen. »Da war also zuerst heute Morgen diese Leiche...«

»Also doch ein Mord«, fiel Arnold ihm ins Wort.

»Das wissen wir überhaupt nicht. Und jetzt lass Jerome erst einmal alles in Ruhe erzählen, sonst verliert er nur den Faden und lässt die Hälfte aus.«

»Also, noch einmal von vorne«, fing Jerome von Neuem an. Er warf sich in Position wie ein Anwalt bei Gericht. Mit weit ausholenden Schritten ging er vor Arnold auf und ab. Seine Hände hatte er vorsichtshalber in den weiten Ärmeln seiner Kutte verborgen. »Also, es war so...«, begann er.

Aus den Augenwinkeln sah er, wie Arnold tief Luft holte und seine Stirn resigniert in die Hand sinken ließ. Er war mit seiner Geduld am Ende. Es war das Zeichen für Jerome seine Rede ohne weiteren Verzug fortzusetzen.

»Da ist also diese tote Frau. Die Maurer fanden sie heute Morgen, als sie an der Zisterne arbeiteten. Sie steckte in einem der großen Zuleitungsrohre, die das kleine Auffangbecken mit der eigentlichen Zisterne verbinden.«

»Was redet Ihr da für einen Unsinn, Jerome? Niemand kann in einem Wasserrohr stecken. Viel zu eng!«

»Ich gebe zu, es klingt unglaublich. Dennoch ist es wahr. Sie war eine sehr schmächtige Person. Und wie Eure Tante bestätigen wird, waren ihre Schultern beide gebrochen. Der breiteste Teil des Körpers. Als sie gefunden wurde, nahm sie nicht einmal mehr die anderthalb Fuß Durchmesser des Rohres ein. Nur Schultern und Hüftknochen steckten fest, so dass sie nicht weiter nach unten rutschen konnte.«

»Eine Zuleitung, die nie funktioniert haben kann«, erklärte Ermentrude weiter. »Ich habe die Maurer dazu befragt und Meister Willibald, der die Bauarbeiten leitet, erklärte mir, dass diese Leitung gar nicht mehr mit dem Becken verbunden war. Das erklärt auch den Zustand der Leiche.«

»Aha?«

»Ja, sie ist mumifiziert. Ich habe mir sagen lassen, dass eine Leiche nur zur Mumie werden kann, setzen wir einmal voraus, dass keine Menschenhand im Spiel ist, wenn sie an einem trocknen, zugigen Ort verwahrt wird.

Und das war hier wohl der Fall. Das Rohr hatte von keiner Seite eine feste Verbindung, war also offen, sodass die Tote unentwegt in der Zugluft lag. Ihr Körper trocknete schneller aus, als er sich hätte zersetzen können. Dazu gab es am Boden der Röhre eine dicke Sandschicht, die ebenfalls alle Flüssigkeiten sofort ableitete. Ich nehme an, du möchtest dir unseren Fund ansehen. Ich war so frei, sie in das Verlies bringen zu lassen, weil man die Bedauernswerte sonst nirgends haben wollte. Selbst dein Kaplan hat sich geweigert, sie in der Kapelle aufzubahren.«

Es war Jerome zu töricht, darauf überhaupt eine Antwort zu geben. Stattdessen fuhr er mit seinen Erläuterungen fort.

»Über die Tote gibt es nicht allzu viel zu sagen. Es handelt sich eindeutig um eine Frau mittleren Alters, etwa fünf Fuß groß. Wir schätzen, dass es sich um eine eher schmächtige Person gehandelt haben muss. Stellenweise ist noch die rote Haarfarbe zu erkennen. Als Todesursache nehmen wir an, dass sie erwürgt wurde, denn der Kehlkopf der Frau ist eingedrückt. Außer einem Lendentuch war sie vollkommen unbekleidet, sodass wir auch anhand der Kleidungsstücke keine Rückschlüsse auf ihren Stand oder gar ihren Namen hätten schließen können.

»Merkwürdig«, murmelte Arnold. »Ich entsinne mich nicht, dass jemals eine Frau hier vermisst worden wäre. Apropos: wie ist das mit deiner Zofe, die Philipp erwähnte?«

»Es handelt sich um Mechthild«, erklärte Ermentrude. »Du erinnerst dich gewiss an sie.« Dabei presste sie ihre Lippen zu einem schmalen Strich zusammen. Sie war immer noch entrüstet über Mechthilds Taktlosigkeit, einfach ohne Erlaubnis fortzugehen. Dass ihr etwas zugestoßen sein könnte, kam der Dame nicht in den Sinn.

»Gewiss erinnere ich mich. Ich habe sie lange genug gekannt. Seinerzeit ein hübsches Ding«, erklärte er in Jeromes Richtung. »Vor fast zwanzig Jahren lebte sie bei uns hier auf der Burg. Tante Ermentrude hat sich ihrer dann angenommen. Dachte, das Mädchen sei für höheres bestimmt, als zur Küchenmagd.«

»Und damit hatte ich auch recht. Mechthild war mir stets eine treue Zofe. All die vielen Jahre. Niemals widerspenstig, niemals Männergeschichten. Aber heute Morgen hat sie diese Tote gesehen und seitdem war sie wie ausgewechselt. Ich hätte nie gedacht, dass sie so zart besaitet ist, die Ärmste. Und nun ist sie verschwunden. Ich habe natürlich schon nach ihr suchen lassen, aber es scheint, als sei sie vom Erdboden verschluckt. Mehrere Leute wollen gesehen haben, wie sie sich mit Philipp von Itzbach unterhielt. Doch der bestreitet, sie überhaupt gesehen zu haben. Aber das sieht ihm ähnlich. Die Sache riecht ihm zu sehr nach Ungemach. Also behauptet er lieber, er wäre nie mit ihr zusammengetroffen.« Verärgert über Philipps so offensichtliche Lüge verzog sie den Mund und setzte eine Mine auf, die jedem sagte: Ihr kennt ihn ja.

»Wir wissen auch nicht, ob ihr Verschwinden mit dem Diebstahl zusammen hängt. Wohl ist mein Schmuck zeitgleich mit Mechthild verschwunden, aber ich kann mir nicht vorstellen, dass sie etwas damit zu tun haben soll. Sie ist seit zwanzig Jahren in meinen Diensten und ich habe sie noch nie bei der geringsten Unehrlichkeit erwischt.«

Dann spann Jerome den Faden für Ermentrude weiter: »Ihr erinnert Euch gewiss an Dame Ermentrudes taubeneigroßen Rubin, den sie stets mit sich führt. Er reiste wohl verwahrt in einer Schatulle, zusammen mit anderen, nicht weniger wertvollen Schmuckstücken. Doch sonst ist nichts abhanden gekommen. Nur dieser Rubin. Und das, als wir alle im Raum waren. Wir alle, damit meine ich außer Madame und mir Arnulph, Binzela, deren Vormund Jofried und Mechthild, die uns aufwartete. Ach ja, und dann dieser Spielmann, Ranulf. Binzela bewunderte den Stein und wollte ihn haben. Ich hatte den Eindruck, sie war recht ungehalten, als sie ihn nicht bekam. Und als alle gegangen waren, war auch der Rubin fort. Unauffindbar!«

Arnold sah seinen Kaplan überrascht an.

»Ihr wollt doch nicht andeuten, dass Binzela ihn genommen hat?«

»Wir möchten gar nichts andeuten, mein Lieber«, sagte Ermentrude gereizt, »aber ist dir eigentlich bekannt, woher das viele Geld stammt, das deine zukünftige Schwiegertochter besitzt? Der Spielmann machte da so eine Andeutung, die mir zu denken gibt.«

Arnold blickte entnervt zur Decke. »Der Spielmann, der Spielmann«, äffte Arnold seine Tante nach. Jeder zweite Satz, den ich heute höre beginnt mit »Der Spielmann«. Wer um alles in der Welt ist dieser mysteriöse Kerl, von dem ihr dauernd redet? Kenne ich ihn?«

»Ich habe ihn hier noch nie gesehen«, antwortete Jerome. »Aber wer merkt sich schon das Gesicht eines einfachen Spielmannes? Er ist einer wie alle anderen seiner Zunft. Ein dummer Schwätzer, der den Damen nachstellt, um sich Vorteile zu verschaffen.«

»Jerome kann ihn bloß nicht leiden. Weiß Gott, warum. Dieser Barde ist ein sehr feiner Mensch«, schwärmte Dame Ermentrude und sei es nur, um Jerome zu ärgern. »Und so gebildet. Du wirst es nicht glauben, aber er spricht ein hervorragendes Latein, wo immer er es gelernt hat und er singt wie eine Nachtigall. Keine gemeinen Volkslieder, sondern wahrhaft höfische Musik.«

Jerome versuchte, sich den hässlichen Rothaarigen als Nachtigall vorzustellen. Er musste zugeben, dass das seine Laune wieder hob. Allerdings in einem musste man der Dame widerwillig Recht geben. Ranulfs Unterhaltungswert war unbestritten. Wieder kam das höfische Auftreten des Spielmannes Jerome in den Sinn. Gut, er konnte ihn nicht leiden, da hatte Ermentrude völlig recht. Nicht, dass der Mann ihm jemals etwas getan hatte. Für Jerome reichte es vollkommen aus, dass der Rothaarige ein Spielmann war und damit ein Mitglied der untersten Gesellschaftsschicht. Trotz allem musste er aber zugeben, dass dieser hier etwas besonderes unter seinesgleichen war. Wohl war er klein und hässlich. Bestimmt nicht das, was die Damen unter einem schönen Mann verstanden, doch seine Stimme war kräftig und volltönend, sein Auftreten kultiviert. Seine Vorträge besaßen ohne Zweifel eine Kunstfertigkeit, um die sich jeder Herrscher reißen mochte, um an seinem Hofe damit anzugeben. Und dennoch reiste dieser Ranulf wie der Elendste seiner Zunft in einem alten Wagen mit einer klapprigen Mähre im Lande umher und lebte von Gelegenheitsjobs. Irgendetwas stimmte nicht mit ihm. Er, Jerome, würde ein wachsames Auge auf ihn haben. Ihn konnte er nicht einwickeln, wie die Frauen. Er war immun gegen Schmeicheleien.

»Ich muss Euch allerdings noch etwas über Ranulf sagen, was mich nicht wenig irritiert hat«, ließ sich Ermentrude vernehmen. »Ich sah ihn heute Abend, kurz nachdem er mich verließ, wie er verstohlen in die Waffenkammer schlich.« Ermentrude schüttelte den Kopf. »Ich kann mir nicht erklären, was er dort gewollt haben kann.«

»Habt Ihr gesehen, dass er eine Waffe hatte, als er den Turm verließ«, fragte Jerome überrascht.

Arnold antwortete statt seiner: »Unsinn! Ein Barde der sich bewaffnet. So etwas habe ich noch nie gesehen. Diesen Menschen kann man nicht einmal beim Essen ein Messer in die Hand geben, ohne dass sie sich verletzen. Ihre Lieder sind ihre Waffe. Eine ganz schön scharfe mitunter.«

Dann erklärte er unvermittelt, dass er jetzt erschöpft sei und gleich ins Bett zu gehen wünschte, denn beim morgigen Turnier könne er sich keine Müdigkeit leisten. Immerhin habe sich Marquard von Winnimberch angekündigt, einer seiner alten Kameraden. Und den wolle er schlagen, koste es, was es wolle.

»Die Tote im Verlies hat jetzt solange gelegen, da wird es auf ein, zwei Tage nicht ankommen«, meinte er und wandte sich zum Gehen. Jerome hingegen gönnte er weniger Nachtruhe. Der Graf trug ihm auf, noch heute Nacht eine Depesche für den Herzog aufzusetzen, um ihm über den Ausgang der Verhandlungen mit dem Trierer Bischof zu berichten. Gleich bei Morgengrauen sollte ein Bote die Nachricht überbringen. Immerhin, so setzte er hinzu, sei es ja nicht schlimm, wenn Jerome beim Turnier nicht ausgeschlafen sei. Er wolle ja sicherlich nicht aktiv daran teilnehmen. Und laut über seinen eigenen Witz grölend, stieg er die schmale Wendeltreppe hinunter, den empört dreinblickenden Jerome keines Blickes mehr würdigend.

Dem Mann, der draußen vor der Burgmauer grub, stockte der Atem. War das nicht das Klappern von Hufen? Wer mochte um diese Zeit noch kommen? Und dann bogen sie auch schon um die Kurve. Er hatte ihn viele Jahre nicht gesehen, erkannte den vordersten Reiter aber sofort. Niemand anderer als Graf Arnold selbst war so spät noch unterwegs. Und mit ihm eine bewaffnete Eskorte. Dieses unvorhergesehene Ereignis machte seine ganzen Pläne zunichte. Vielleicht würden sie ihn in der Dunkelheit nicht bemerken, wenn es ihm gelang, sich dicht in den Schatten der Burgmauer zu drängen. Dem Mann stand das Herz fast still vor Angst. Er fühlte sich wie ein Tier in der Falle. Wenn man sah, was er hier vergrub, war sein Leben keinen Pfifferling mehr wert. Doch die Angst lähmte ihn und hinderte seinen sonst so wendigen Geist daran, schnell einen Ausweg zu finden. Aber dann geschah das Unglaubliche. Der

Ritter winkte ihm zu und rief einen Gruß. Dann verschwand die Gruppe hinter dem äußeren Burgtor.

Der Mann warf noch einen letzten Blick in Richtung der Zugbrücke, um zu sehen, dass sie unten blieb. Gut, so konnte er auch wieder hineingelangen, wie er hinausgeschlüpft war. In aller Seelenruhe schaufelte er die Grube wieder zu, ohne auch nur noch einen Blick auf ihren grausigen Inhalt zu werfen.

Kapitel 8

Die Glocke der Burgkapelle begrüßte den neuen Tag. Ihr heller, fröhlicher Klang drang weit über die Mauern der Siersburg bis hinunter ins Tal. Selbst das Wetter hatte sich dem frohen Ereignis angepasst, das heute stattfinden sollte. Über dem Saartal und der Nied lag noch früher Morgendunst und verschleierte den Blick auf die Flusswindungen. Doch hoch oben auf dem Siersberg und seinem Zwillingsbruder, dem Gauberg regierten die ersten warmen Sonnenstrahlen das Bild. Ein frischer Westwind strich um die Burgmauern und das Kopfsteinpflaster war noch feucht vom Tau.
Trotz der frühen Stunde gingen die Knechte und Mägde ihrem geschäftigen Wirken nach. Lucien, der Truchsess, scheuchte die ihm untergebenen Köche und Küchenjungen unerbittlich. Der beleibte, rotgesichtige Mann war früher nur ein einfacher Koch, der sich - nicht zuletzt wegen seiner großartigen Kochkünste - in diese gehobene Stellung manövriert hatte. Seither war er etwas großspurig, nannte sich nicht mehr Ludwin sondern Lucien, sprach teils deutsch, teils französisch, was er für außerordentlich vornehm hielt und führte ein eisernes Regiment unter seinen Untergebenen. Wenn sein vornehmes Getue und seine Angeberei auch manchmal nervten, so waren seine Speisen jedoch unübertroffen.

Weniger von sich selbst eingenommen, aber keineswegs weniger qualifiziert, war Hans, der Schenk. Er war ein unscheinbarer Mann mittleren Alters, dessen unaufdringliche Gegenwart man oft gar nicht wahrnahm. Kellermeister und Kellerdiener leisteten unter seiner Anleitung hervorragende Arbeit. Auf der Siersburg braute man ein hervorragendes Bier und der Wein, der in der Umgebung angebaut wurde, suchte seinesgleichen. So unterschiedlich diese beiden auch waren. Eines hatten sie gemeinsam. Die Sorge um das leibliche Wohlergehen ihrer Herrschaft. Heute, an Arnulphs Hochzeitstag würden sie das Beste geben, was

Küche und Keller zu bieten hatten. Und das war nicht eben wenig. Ochsen und Schweine, Wildbret und Fisch, dazu Leckereien wie Honigkuchen und französische Pralinés, deren Rezept Lucien eifersüchtig hütete, würden die Tafel heute bereichern. Hans hatte eigens für festliche Zwecke schon im vergangenen Herbst ein geistiges Getränk bereitet, das er aus der Maische von Äpfeln und Birnen bereitete, die er in einem besonderen Verfahren brannte um seinen Alkoholgehalt zu erhöhen. Ein nicht ungefährliches Getränk. Besonders die Damen vertrugen es schlecht. Auf jeden Fall konnte Arnold sicher sein, dass sein Festmahl sich in besten Händen befand.

Jerome war auf dem Weg zur Kapelle und musste voller Verwunderung feststellen, dass Arnold schon vor ihm auf den Beinen war. Froh gelaunt winkte er dem Kaplan und brüllte quer über den Burghof zu ihm herüber: »Bleibt stehen, Jerome, ich habe ein Wort mit Euch zu reden!«

Eifrigen Schrittes eilte er auf den Kaplan zu. Als er auf gleicher Höhe mit ihm war, faste er ihn an der Kutte und zog ihn vertrauensvoll zu sich heran. Etwas zu stürmisch für Jeromes Geschmack. Um ein Haar wäre er gestürzt. Jerome versuchte, sich aufrecht zu halten und dabei Würde zu bewahren, denn im Hof wimmelte es inzwischen von fremden Menschen, die hier ihre Stände aufbauten oder letzte Hand an die Dekorationen der Zuschauertribünen legten. Doch Arnold bemerkte die Verlegenheit seines Kaplans nicht. Oder er wollte sie nicht bemerken. Geheimnisvoll schaute er sich nach allen Seiten um, ob jemand in der Nähe sei, der ihr Gespräch belauschte. Als er sicher war, nicht gehört zu werden, flüsterte er seinem Kaplan vertraulich ins Ohr: »Schaut unauffällig, was ich hier in der Hand habe, Bruder. Ich möchte, dass ihr sie segnet, für alle Fälle.«

Erstaunt betrachtete Jerome zwei kleine, vollkommen gleiche Amulette aus poliertem Holz. Sie hingen an einem langen Lederband. In der Mitte waren eigentümliche Zeichen eingraviert, wie Jerome sie noch nie gesehen hatte.

»Was soll das sein«, fragte er irritiert. Bevor Arnold antwortete, warf er noch einmal vorsichtige Blicke nach allen Seiten.

»Amulette, mein Guter, Amulette! In dieser Schrift hat Moses die zehn Gebote niedergeschrieben. Eines ist für Arnulph, das andere für mich. Sie schützen vor bösen Weibern im Haus und wenden alles Unheil von ihrem Träger ab. Ich habe sie soeben von einem Reliquienhändler gekauft, der sie aus dem Osten importiert. Er hat die besten Erfahrungen damit.«

Jerome hob verblüfft eine Augenbraue und versuchte festzustellen, ob Arnold schon im Weinkeller gewesen war. Was konnte einen Mann von Arnolds Kaliber so erschrecken, dass er sich mit Amuletten behängt? Hatten Ranulfs Andeutungen über Binzela ihn derart erschreckt oder war es die tote Frau, die dort unten im Verlies lag? Jerome tippte eher auf letztere.

»Wart ihr im Verlies und habt Euch die Tote angesehen? Oder weshalb veranstalten ihr solch abergläubisches Theater?«

»Die Tote aus der Zisterne? Unsinn! Die macht mir die wenigsten Sorgen. Wer weiß, wie lange die schon in dem Wasserrohr gesteckt hat. Ihr Mörder, falls sie überhaupt ermordet wurde, weilt möglicherweise schon selbst nicht mehr unter den Lebenden. Ihr seid da immer ein wenig dramatisch, Bruder.«

Natürlich handelte es sich hier um Mord. Jerome wollte ihn darauf hinweisen, dass sich niemand selbst den Kehlkopf eindrücken konnte. Aber Arnold war nicht in der Stimmung, um über verdorrte Frauenleichen zu debattieren.

»Werdet Ihr sie nun segnen, oder nicht? Es sind Reliquien, wenn Ihr so wollt. Der Händler hat mir ihre Echtheit bestätigt. Reicht Euch mein Wort oder wollt Ihr noch ein Echtheitszertifikat?«

Jerome hätte ihm gerne gesagt, wie viele schwarze Schafe es gerade unter den Reliquienhändlern gab, aber Arnold wurde schon ungeduldig. Also tat er ihm den Gefallen, schlug das Kreuzzeichen über den Amuletten und murmelte seinen Segen über die Anhänger. Schnell verschwanden die Ketten wieder in Arnolds Gürteltasche und er eilte von dannen.

Vom äußeren Burgtor her erklang das Signalhorn und verkündete die Ankunft eines Ritters. Die meisten von ihnen waren schon am Vortag eingetroffen und da man nicht alle standesgemäß hatte unterbringen können, hatten viele von ihnen in Zelten in der Vorburg nächtigen müssen. Der Klang des Horns löste in Kriegszeiten hektisches Treiben aus. Doch heute weckte das Signal nur Neugier, wer da ankam.

Mehrere Ritter, alle aus der näheren Umgebung, zogen gleichzeitig ein, begleitet von Schildknappen und Pagen, ihren festlich gekleideten Frauen und Töchtern und mit einem repräsentativen Tross Bewaffneter. Auch sie würden sich für die Nacht mit einem Zelt zwischen dem einfachen Volk begnügen müssen.

Inzwischen hatte sich im Burghof eine lärmende und farbenfrohe Schar versammelt. Gaukler übten mit ihren Kegeln und Bällen, Händler priesen jedem Vorbeigehenden ihre Ware an und überall dem breitete sich der Duft der am Spieß gebratenen Ochsen aus.

Inmitten der bunten, auf Schragen errichteten Stände erschien jetzt eine der imposantesten Figuren, die Jerome je kennen gelernt hatte: Marquard von Winnimberch, Arnolds Freund und Kampfgenosse beim großen Italienfeldzug Kaiser Friedrichs II., bei dem sie Seite an Seite gekämpft hatten.

Der Kaplan mochte den alten Haudegen. Marquard von Winnimberch hatte ein derbes Gesicht, haselnussbraun, wie gegerbtes Leder, aus dem zwei listige grüne Augen strahlten. Sein schulterlanges Haar und der sorgfältig gestutzte Bart waren schlohweiß. Ein Mann, der sich mit Vorliebe unter freiem Himmel aufhielt. Vor allem war er eine gut funktionierende Informationsquelle. Vieles schien er zu wissen, bevor es überhaupt passiert war. Blieb zu hoffen, dass Arnold in seiner Gegenwart nichts von der Toten im Verlies verlauten ließ. Ebenso gut hätte man einen Herold losschicken können, der den Leichenfund verkündete.

Doch Jerome machte sich unnötig Sorgen. Nachdem Arnold seinen Freund heftig umarmt und dessen hübsche Frau Edelgard mit einem eleganten Handkuss begrüßt hatte, traf bereits ein weiterer Gast und Kampfgenosse Arnolds ein, Docelin von Rohlingen. Auch er hatte seine Frau mitgebracht, die, um etliche Jahre jünger als ihr Mann, sofort Arnolds draufgängerischste Seite hervorkehrte. Der Burgherr hakte sich bei beiden Damen unter und legte dabei einen Charme an den Tag, den man ihm kaum zugetraut hätte. Er führte sie in Richtung der Kemenate, wo die Damen sich versammelten, um noch ein wenig zu schwatzen, bevor die Trauungszeremonie begann.

Jerome atmete auf. In solcher Gesellschaft würde Arnold den grausigen Fund nicht erwähnen. Aber es würde sich auch so schnell genug herumsprechen. Mehr oder weniger beruhigt, machte der Kaplan sich auf zur Sakristei, um die Gewänder für die Trauung zurechtzulegen und alles im Geiste noch einmal durchzugehen.

Es war noch eine gute Stunde Zeit, bis die Messe beginnen sollte. Jerome wählte ein kostbares, mit wertvollen Stickereien verziertes Ornat, in das er schlüpfte. Ein Junge war damit beschäftigt, dicke Bienenwachskerzen auf dem Altar anzuzünden. Die ganze Kapelle war ein einziges Blumenmeer. In verschwenderischer Menge standen sie in Vasen auf dem Altar, unter den Heiligenfiguren und an den Seitenteilen der Bänke, die Arnold hatte aufstellen lassen. Die kleinen, weißen Blüten des Weißdorns bildeten zusammen mit hellgrünen Blättern einen Teppich, der die sonst so kahlen Steinfliesen der Kapelle vom Eingang bis zum Altar bedeckte und einen wunderbar frischen Geruch verbreitete.

Den Altar, dem heiligen Sebastian und dem heiligen Donatus gewidmet, schmückte eines der wertvollen Altartücher, auf deren Herstellung Arnolds Frau Elisabeth sich so gut verstanden hatte. In zartem Kreuzstich war hier die Geschichte der beiden Heiligen erzählt.

Jerome war zufrieden. Die Kapelle war bereit für den Empfang der zukünftigen Eheleute und er war es auch.

Anderenorts ging es weniger erfreulich zu. Ranulf, der Spielmann war auf Arnulph getroffen, als dieser sich auf dem Markt nach einem weiteren Geschenk für Binzela umsah. Der Rothaarige näherte sich dem Bräutigam von hinten und versicherte sich unauffällig nach allen Seiten, dass er nicht belauscht wurde. Dann trat er ganz dicht an Arnulph heran und flüsterte ihm ins Ohr: »Nehmt meinen wohl gemeinten Rat. Seid Eurer Gemahlin gegenüber nie zu vertrauensselig.«

Bevor Arnulph etwas erwidern konnte, war der Spielmann im Getümmel verschwunden. Nur an seinem brandroten Haar konnte Arnulph erkennen, wer ihn angesprochen hatte.

Noch einer hatte die warnenden Worte gehört, wenngleich er jetzt auch noch nicht wusste, was sie ihm persönlich nützen konnten. Philipp von Itzbach war wieder zur rechten Zeit am rechten Ort gewesen.

Durch die einen kleinen Spalt breit geöffnete Sakristeitür beobachtete Jerome, wie sich nach und nach die Hochzeitsgesellschaft in der Kapelle versammelte. Sie waren alle, ohne Ausnahme, Arnolds Einladung gefolgt, all die edlen Ritter und Junker der Umgebung. All die Herren der Schlösser und Burgen rings um waren gekommen, von Felsberg, von Dillingen, von Burg Esch und Montclair, von Dalheim und von Heßbach. Und alle hatten sich ganz schön ins Zeug gelegt. Wenn ihre Geschenke so großartig waren wie ihre Kleidung, konnte man Arnulph und Binzela ja nur gratulieren.

Rudolf und Albert von Sieberch hatten sich trotz des warmen Tages in ihre pelzverbrämten Roben aus schwarzem Samt gezwängt, die mit wertvollem Hermelin aus Russland gefüttert waren. Auch Arnold von Sierk war für Jeromes Geschmack viel zu extravagant angezogen. Graf Simon von Saarbrücken trug gar ein mit Goldstücken und Edelsteinen besetztes Wams. Gehässig dachte der Kaplan, dass der Modenarr Jofried sich heute gewaltig würde anstrengen müssen, wenn er hier mit dem Landadel mithalten wollte.

Jerome war zugetragen worden, dass er bereits seit dem Morgengrauen badete und sein Haar ondulieren ließ. Er war gewiss eitler, als die Braut selbst.

Die Damen standen ihren Männern in nichts nach. Sie trugen ihre besten Kleider, die meisten nach der neuesten französischen Mode gearbeitet. Auch am Schmuck hatte niemand gespart. Hier war eine Gelegenheit zu zeigen, welche erlesenen Stücke man besaß, die sonst das ganze Jahr über in Truhen und Schatullen schlummerten, um an einem solchen Tag hervorgeholt zu werden. Vor allem die unverheirateten Töchter waren einzigartig herausgeputzt. Bei einer solch erlesenen Gesellschaft ergab sich immer einmal die Möglichkeit für die Eltern, einen viel versprechenden Ehemann für ihre Töchter an Land zu ziehen.

Dame Ermentrude näherte sich mit festem, würdigem Schritt, umweht von einem Hauch von Vornehmheit. Ihre Robe aus grauem Atlas umspielte ihre zierlichen Füße, die nicht so recht zu ihren sonst so ausladenden Formen passen wollten. Zu seinem Missfallen musste Jerome feststellen, dass sie ihr Haar nicht, wie es sich für eine anständige Frau ihres Ranges und vor allem ihres Alters ziemte, unter einer Kopfbedeckung verbarg. Sie trug lediglich ein Diadem um ihre graue Zopfkrone, an der nur ein leichter, fast durchsichtiger Schleier befestigt war. Ein Gebände wäre für sie als Witwe weitaus sittsamer. Vielleicht, wenn Mechthild da gewesen wäre, um sie zu beraten... Aber Ermentrude hatte sich, genau wie Arnold, nie um Kleiderverordnungen gekümmert. Jerome konnte allerdings nicht umhin, zuzugeben, dass alles an ihr, sah man einmal von dem missratenen Kopfschmuck ab, Geld und gesellschaftlichen Rang ausstrahlte. Er folgte Ermentrudes abfälligen Blicken und musste zu seinem Ärger erkennen, dass Philipp von Itzbach sich unter die Höhergestellten in den vordersten Reihen gedrängt hatte, wo er so selbstverständlich stand, als gehöre er hier hin und nicht weiter nach hinten unter den niederen Adel. Der Angeber trug flandrisches Tuch, dazu ein Hemd aus feinstem elsäßischen Linnen. Wenn es darum ging, etwas darzustellen, was er nicht war, war ihm nichts zu teuer. Dabei war er sonst so geizig, dass viele sich heimlich darüber lustig machten. Insgeheim nannten ihn alle einen Geizkragen, weil er der einzige war, der jedes Mal ein großes Theater veranstaltete, wenn es darum ging, den Torwart zu bezahlen.

Diesem Mann stand am Abend vor St. Michael ein Krug Wein, Siersberger Maß, und ein Laib Brot im Wert von acht Denaren zu. Dasselbe im November zu St. Martin. Philipp beanstandete jedes Jahr, dass dies mehr sei, als einem solchen Faulpelz zustehe. Philipps Anteil für den Torwart war jedes Mal mehr als knapp bemessen und das Brot sorgfältig nachgewogen, bevor er zähneknirschend zahlte. Doch wenn es darum ging anzugeben und seine eigene Person in den Vordergrund zu rücken, war ihm nichts zu teuer.

Doch nicht nur geladene Gäste drängten sich in der Kapelle, die zu wenig Platz für alle bot. Auch viele Schaulustige aus der Umgebung waren gekommen. Vor allem wollte man die Braut sehen. Jerome hörte schon von weitem die Musikanten, die Arnulph und Binzela getrennt zur Kapelle begleiteten. Vor dem Altar, so war es besprochen, sollte Jofried von Berge als Vertreter für Binzelas verstorbenen Vater, dann die Braut an Arnulph übergeben. Diese altdeutsche Form der Eheschließung war noch immer gültig, wenn auch die Kirche seit langem auf die Anwesenheit eines Priesters hierbei pochte, damit der die Trauung vollzog.

Für Jerome war es an der Zeit, seinen Platz in der Sakristei zu verlassen und hinter den Altar zu treten, als er Arnold und Arnulph im Eingang gewahr wurde. Beide traten vor den Altar und Jerome eröffnete die Trauungszeremonie.

Unter den Klängen einer Hochzeitshymne stolzierte die Braut am Arm ihres Vormundes durch das Kirchenschiff auf den Altar zu. Sie bemühte sich, kleine Schritte zu machen, wie man ihr gezeigt hatte, dass es schicklich sei. Doch leider hatten ihre Erzieherinnen versäumt ihr zu sagen, dass eine Dame die Augen niederschlug, wenn sie sich anderen gegenübersah und nicht die Blicke Beifall heischend umherwarf.

Ihre Zofen hatten sich sichtlich Mühe gegeben. Das von

Natur aus spröde Haar war in schöne Wellen gelegt und geschickt zu einer kunstvollen Frisur aufgetürmt. Goldene Spangen und ein Netz aus weißen, gleichmäßigen Perlen hielt die widerspenstigen Strähnen an Ort und Stelle. Doch kein Hut und kein Schleier verbargen das geschminkte Gesicht vor der Hochzeitsgesellschaft.

Ihr Kleid aus gelber, glänzender Seide, der Farbe beglückender Liebe, hatte Ärmel, die bis zum Boden reichten. Am Oberarm lagen sie dicht an und waren vom Ellbogen an offen. Darüber trug sie ein mit Pelz besetztes Oberkleid, dessen reicher Faltenwurf sie größer und schlanker erscheinen ließ als sie tatsächlich war. Ihre Füße steckten in dazu passenden, mit Perlen bestickten Schuhen.

Um ein Haar hätte Jerome sich in seinem Begrüßungsspruch verhaspelt, als er sah, wie Graf Arnold seinem Sohn eines der Amulette zusteckte, die er heute Morgen erworben hatte. War es nur Einbildung, oder sah Binzela tatsächlich triumphierend aus? Jerome überkam wieder dieses ungute Gefühl.

Es war die gleiche Frau, von der sie nun schon seit Monaten wussten, dass die Arnulph heiraten würde. Sein Vater war nach eingehender Prüfung ihrer Vermögensverhältnisse zu dem Schluss gekommen, dass auch ihr Leumund nicht schlechter sei als der anderer infrage kommender Damen. Jerome wusste gut genug, dass das Leben eines Ritters teuer war und daher allgemein weniger Wert auf einen guten Ruf oder gar Schönheit gelegt wurde als auf die zu erwartende Mitgift. Außerdem schloss man Ehen ja nicht aus Liebe. Diesem Argument hatte sich auch Herzog Mathäus nicht verschließen können und hatte seine Zustimmung zu dieser Ehe gegeben. Sie war erforderlich, da Binzela eine Kaufmannstochter und nicht von Adel war.

Wenn also die hohen Herren keine Bedenken hatten, was diese Ehe anging, warum sollte er, Jerome, dann ihre Richtigkeit anzweifeln? Ebenso war allen Parteien bekannt, dass ihre Eltern und Brüder auf rätselhafte Weise aus dem Leben geschieden waren. Dennoch hatte sich nie jemand Gedanken darüber gemacht. Bis dieser Spielmann gekommen war und seltsame Andeutungen machte. Bis zu diesem Zeitpunkt hatte niemand Binzela überhaupt etwas Böses zugetraut. Im Gegenteil, sie war stets als arme Waise bemitleidet worden. Aber nun erschien die kleine, nichts sagende Binzela Jerome in einem ganz anderen Licht. Für ihn hatte sie mit einem Mal die Augen einer Mörderin, den Gang einer Mörderin, die Gesten einer Mörderin. War auch Arnold sich nicht mehr so sicher? Warum hatte er die Amulette gekauft? Jerome war so ins Grübeln geraten, dass er offenbar einen Fehler bei der Trauung gemacht hatte.

Dutzende Augenpaare waren ungläubig auf seine Person gerichtet. Hatte er seine Gedanken etwa laut geäußert? Oder hatte er einfach nur nicht mit dem Zeremoniell weitergemacht, als er an der Reihe gewesen wäre? So etwas passierte ihm hin und wieder. Bloß nicht schon wieder unangenehm auffallen. Jerome riss sich zusammen und fuhr mit der Zeremonie fort. Aber er nahm sich fest vor, Binzela im Auge zu behalten.

Er hieß Braut und Bräutigam, sich die Hand zu geben und bedeckte beide mit einem wertvollen Altartuch. Laut, damit alle es hören konnten, stellte er beiden die Fragen, die ihre Bereitschaft zu einer christlichen Ehe bekräftigen sollten. Dann segnete er die kostbaren Ringe, die Arnulph hatte anfertigen lassen als äußeres Zeichen ihrer Verbundenheit.

Arnold hatte ob dieses modernen Unsinns nur verächtlich die Nase gerümpft. Arnulph nahm den kleineren Ring und sagte feierlich: »Binzela, vor Gottes Angesicht nehme ich dich zu meiner Frau!« Dann steckte er ihr den Ring an den Finger. »Nimm ihn als Zeichen meiner Liebe und Treue.«

Dann nahm Binzela den anderen Ring und tat es ihm gleich. Jerome hörte die Worte: »Arnulph, ich nehme dich zu meinem Mann und verspreche dir die Treue, in guten und in bösen Tagen. Ich will dich lieben, achten und ehren, solange ich lebe.«

Na hoffentlich, dachte Jerome und laut sagte er: »Was Gott verbunden hat, darf der Mensch nicht trennen. Ich erkläre euch hiermit zu Mann und Frau. Arnulph, du darfst die Mör... die Braut küssen.«

Arnold, der als Zeuge der Trauung direkt neben Arnulph stand, bekam ein knallrotes Gesicht und seine Augen sprühten Funken unter den dichten Augenbrauen.

»Was veranstaltet Ihr bloß heute, Jerome«, zischte er böse. »Wir sprechen uns noch!«

Dann wandte er sich um und zeigte allen in der Kapelle ein strahlendes Schwiegervaterlächeln. Hinter dem Paar verließ er an Jofrieds Seite die Kapelle durch die Menge der applaudierenden Gäste hindurch. Jerome, der die Prozession anführte, ging mit würdevollem Schritt vor ihnen her, eifrig sein Weihrauchfässchen schwingend. So konnte er auch nicht sehen, wie Arnold hinter ihm plötzlich verblüfft in die Menge starrte. Doch es dauerte nur einen Moment, dann wurde er abgelenkt durch Marquard von Winnimberch, der ungeduldige Gesten machte, Arnold möge sich beeilen. Beide hinderte diese kirchliche Trauung nur an den eigentlichen Festlichkeiten und den Ausschweifungen, die sonst noch für diesen Tag geplant waren. Aber da Arnulph sich diese moderne Art der Eheschließung gewünscht hatte, nahm man die Verzögerung gottergeben hin.

Während Arnulph und Binzela ihre Begrüßungsrede von der Ehrenloge aus hielten, verschwand Arnold heimlich, um seine Brünne anzulegen. Kaum war das Turnier eröffnet, erschien er in voller Rüstung und schrie seinen Pferdeknechten zu, sie sollten sein Schlachtross satteln.

Auch Marquard hatte sich in aller Eile umgezogen. Über seiner Rüstung trug er genau wie Arnold einen Kursit, das bunte Wappenkleid, an dem sich die Ritter in Gefecht untereinander erkannten. Der Wichtigtuer Marquard hatte sein größtes Schwert mitgebracht, eine französische Arbeit, ohne Zweifel, mit einem Juwelen besetzten Griff. Doch hierin stand Arnold ihm in nichts nach. Auf seinem Kursit prangten die Farben der Siersberger in dunklem Rot und Gold. Dazu trug er ein Schwert, in dessen Griff er eine Reliquie der Heiligen Oranna von Berus hatte einarbeiten lassen.

Einige jüngere Ritter versuchten sich an der Quintana, einer Puppe aus Weidenruten, die es galt vom Pferderücken herunter mit der Lanze zu treffen. Arnold und Marquard machten Witze über die angeblich so unbeholfenen Versuche der Jüngern, die allenthalben mehr Gelächter als Anerkennung ernteten.

»Wer zu unserer Zeit so etwas aufgeführt hätte, wäre vom Platz gewiesen worden, stimmt's?«

»Stimmt! Schon als Knappe habe ich die Quintana besser beherrscht als die.«

»Da warst du aber spät dran, mein lieber Marquard. Ich für meinen Teil, ich habe noch Windeln getragen, da bin ich schon besser geritten, als die da.« Arnold lachte dröhnend über seinen eigenen Witz und verlangte nach Wein.

Aber Marquard hatte noch ein Ass im Ärmel: »Ach ja, und wer hat dir damals, 1237, bei Cortenuova das Leben gerettet, du großer Held?«

»Das hast du doch bloß getan, damit du mir das Geleitrecht auf der Niedtalstraße abschwatzen konntest«, erwiderte Arnold seidig.

»Warum streitet ihr euch, wer hier der bessere Mann ist«, mischte sich Ermentrude in das Geplänkel der Männer. »Hier hört meinen Rat: Ihr beide wollt doch ohnehin an diesem Turnier teilnehmen, obwohl ihr, wie ihr ganz genau wisst, zu alt dafür seid.« Lautes Protestgeschrei war die Antwort. »Also wettet doch einfach, kämpft gegeneinander und der Sieger erhält das Preisgeld. Sagen wir, fünfzig Metzer Denare von jedem. Ihr hinterlegt das Geld hier und Bruder Jerome und ich sind die Schiedsrichter.«

Alle waren begeistert. Elfriede, die hübsche Tochter Docelins von Rohlingen, erbot sich, dem edlen Arnold einen Teil ihres Schleiers als Glücksbringer zu gewähren, den der eitle Pfau gerne annahm. Nur um ihn zu schmähen, erklärte Marquard, er ziehe Weisheit und Intelligenz der Jugend vor und bat seinerseits Dame Ermentrude um ihr Taschentuch, das er an seiner Halsberge befestigte. Dann hinterlegten beide den festgesetzten Betrag, den Jerome in eine Geldkatze steckte und auf einem Beistelltisch direkt hinter Ermentrudes Stuhl deponierte.

Ranulf, der Spielmann, der wie selbstverständlich auf der Ehrentribüne erschienen war, komponierte sofort aus dem Stegreif eine Hymne für die edlen Streiter. Alle waren entzückt. Alle, bis auf einen. Philipp von Itzbach schüttelte nur abfällig den Kopf und tat, als sei diese Wette der größte Blödsinn, den er je gehört habe. Logisch. Die Idee stammte nicht von ihm und deshalb war sie von vornherein schlecht. Und mitmischen konnte er auch nicht. Philipp war ein miserabler Kämpfer. Dazu kam sein Ärger darüber, dass man ihn schon während der Messe für seinen Geschmack viel zu wenig beachtet hatte. So war er schon am Vormittag die Missgunst selbst. Neidisch verzog er sich in eine Ecke und grollte all jenen, die Anerkennung ernteten. Anerkennung, wie sie eigentlich ihm zugestanden hätte.

Die meisten beachteten Philipps Ärger überhaupt nicht. Jerome fragte sich, wie Neid und Herrschsucht einen Menschen nur so zerrütten konnten. Und ganz nebenbei fragte er sich auch, wie Philipp überhaupt hier auf die Ehrentribüne gelangt war. Sie war nur für das Brautpaar und die engsten Freunde bestimmt, zu denen Philipp kaum gezählt werden konnte. Aber er war da, und wenn man keinen Skandal heraufbeschwören wollte, machte man auch besser keinen Versuch, ihn dorthin zu schicken, wo er seinem Stand nach hingehörte.

Jerome wusste nur zu gut, dass man mit dieser Politik bei Menschen wie Philipp nicht sehr weit kam. Je weniger er in seine Schranken gewiesen wurde und sei es nur um des lieben Friedens willen, umso mehr nahm er sich heraus. Aber außer Jerome und sich selbst konnte Philipp heute keinem die Laune verderben.

Gemeinsam mit Arnold und Marquard von Winnimberch hatten alle die Ehrenloge verlassen, außer dem Brautpaar, dem Spielmann, Philipp und Ermentrude. Den jüngeren machten die steigenden Temperaturen und der Staub, der von der Kampfbahn aufgewirbelt wurde nichts aus.

Dame Ermentrude dagegen verließ lieber nicht den

Schatten spendenden Baldachin. Von hier aus war die Aussicht auf die beiden Kämpfenden ebenfalls recht gut. Auch Jerome zog es vor, in der Nähe des ihm anvertrauten Geldes zu bleiben. Allerdings trat er nach vorne an die Schranken, um besser sehen zu können. Noch einmal vergewisserte er sich, dass die Geldkatze an Ort und Stelle war, um sich dann wie alle anderen, gebannt dem Schauspiel dort unten zu widmen. Philipp, der als Einziger zeigen wollte, wie wenig ihn dieser kindische Wettstreit dort unten interessierte, begann Binzela und ihren Vormund Jofried zu belästigen, indem er ihnen all die Ungerechtigkeiten auflistete, die man ihm hier widerfahren ließ.

Natürlich drückte der Kaplan Arnold den Daumen. Wenn er gegen seinen alten Widersacher gewann, war dies auf jeden Fall für die Laune des Grafen besser. Ringsum auf den Balkonen und an den Fenstern waren die Damen jetzt auf die beiden Kontrahenten aufmerksam geworden und winkten ihnen kokett zu. Der Kaplan beschloss, dieses undamenhafte Verhalten heute einmal zu übersehen. Und wenn nicht, wäre es den Mädchen an einem Tag wie diesem sowieso egal, was man von ihrer Tugend hielt.

Wie jedes Turnier gab auch dieses nicht nur Gelegenheit, Mut und Gewandtheit unter Beweis zu stellen. Man hatte in aller erster Linie die Chance, kräftig anzugeben, wovon fast alle regen Gebrauch machten. Jerome konnte es nicht begreifen, wie viele der benachbarten Herren sich hier in vollem Pomp zeigten, nur um die Aufmerksamkeit der Damen zu erregen. Dabei stand schon im Voraus außer Zweifel, dass dieser Sonntagsstaat mindestens verschmutzt, wenn nicht zerrissen und sein Träger mit mehr oder minder schweren Verletzungen die Arena verlassen würde. Kein Wunder also, wenn die Heilige Mutter Kirche gegen diese derbe Art der Vergnügungen war. Selbst die Androhung, dass ein an den Folgen einer Turnierverletzung verstorbener Ritter kein christliches Begräbnis bekomme, konnte in den seltensten Fällen jemanden abschrecken. Ging man doch mit der Voraussetzung in den Kampf, zu siegen und nicht zu sterben, bevor man sein Preisgeld eingestrichen und nach Möglichkeit auch wieder durchgebracht hatte.

Selbst der steinalte Frieder von Berg, der sich aufgrund seines biblischen Alters kaum mehr auf einem Pferderücken halten konnte, versprach in Anwesenheit einiger kichernder junger Damen, jedem einen schneeweißen Zelter zu schenken, der ihn im Kampf schlage. Vielleicht hegte er ja die Hoffnung, die anderen Ritter hätten vor seinem Alter genug Achtung, um ihn gewinnen zu lassen. Jerome hingegen konnte nur hoffen, dass der alte Frieder genug Pferde besaß, um solche Wettschulden auch zu bezahlen. Als Dank für einen Sieg verlangte er von allen Damen jeweils einen Kuss, was die kichernde Schar gerne versprach. Es kam den Frauen offensichtlich nicht auf das Alter oder das gute Aussehen eines Mannes an. Allein sein Charme zählte, und den hatte Frieder im Laufe seines Lebens auf ein beachtliches Maß aufgestockt.

Die jüngeren Ritter waren da schon etwas zurückhaltender. Zwar waren sie ebenfalls mit ihren besten Waffen und den edelsten Rössern erschienen und trugen stolz die Wappenröcke ihrer Familien über den Rüstungen, doch verhielten sie sich für Jeromes Geschmack wesentlich schicklicher den Damen gegenüber. Diese bedankten sich für die ihnen so entgegengebrachte Achtung damit, dass sie diese anständigen jungen Männer vollkommen ignorierten und sich lieber den zwar alten, im Flirten aber so gut bewanderten Haudegen zuwendeten.

Wann immer ein Ritter die Arena betrat, verkündeten laute Fanfarenklänge dessen Ankunft. Als Arnold die Kampfbahn betrat, wollte der Fanfarenklang überhaupt nicht mehr enden, während Marquard nur mit zwei, drei kurzen Trompetenstößen begrüßt wurde. Kaum einer der Zuschauer konnte sich nicht denken, wessen Werk dies war. Schließlich war es Arnold, der die Musikanten bezahlte. Und nicht nur die Musikanten.

Vor Beginn eines Kampfes nannte ein Ausrufer den Anwesenden Namen und Ruhm der Ritter. Arnold hatte tagelang gebraucht, um seine persönliche Ruhmesliste zu erstellen und einen Ausrufer im Auswendiglernen derselben zu unterrichten. Der arme Mann hatte viele Wochen lang jeden Tag vom Morgengrauen bis in die späten Abendstunden geübt, bis Arnold mit seinem Vortrag zufrieden war. Jerome wusste nicht, womit Arnold den Ausrufer bestochen hatte, auf jeden Fall aber fiel die Aufzählung von Marquards Vorzügen geradezu unhöflich kurz aus.

Arnold und Marquard hatten, nachdem sie nach allen Seiten gönnerhaft in die Menge gewinkt hatten, ihre Streitrösser bestiegen, die mit bunten Seidendecken bedeckt waren, welche nur Augen und Nüstern freiließ. Darunter schützte ein Panzer ihre Körper und Stirnen. Was allerdings Arnolds Hengst von dem Marquards unterschied, war das sündhaft teure, auffällige Zaumzeug aus purem Silber, unterlegt mit Bernstein, den der Silberschmied weit aus dem Norden hatte importieren lassen.

Jerome hatte dieses Zaumzeug noch nie gesehen. Sicherlich war es eigens zum Zwecke der Angeberei und nur für dieses Turnier angefertigt worden, auf dessen Ausrichtung Arnold so viel Zeit und Geld verwendet hatte. Anders als die Kosten für die eigentliche Hochzeit, die Jofried zu tragen hatte, ging dieses Vergnügen zu Arnolds Lasten. Eifrig schüttelte er an seinem Zügel, um die Silberplättchen des Zaumzeuges zum Klingen zu bringen. Es wäre zu ärgerlich, wenn Marquard die neuen Zügel vielleicht nicht bemerken würde. Doch der klappte nur demonstrativ sein Visier herunter und deutete damit an, dass für ihn der Kampf eröffnet sei. Die aufmerksame Turnierleitung hatte die Geste bemerkt und gab den Fanfarenbläsern Anweisung, den Wettbewerb durch einen Trompetenstoß offiziell zu eröffnen. Marquard hatte natürlich zur Demonstration seines gesellschaftlichen Status seine eigenen Bläser mitgebracht, acht an der Zahl, deren Aufgabe es war, Marquards Gegner zur Erheiterung der Zuschauer zu verspotten.

Als erste Waffe hatten die Kontrahenten die Lanze gewählt. Für das Turnier war sie natürlich ohne Spitze. Diese war durch eine gezackte Platte, das Krönlin, ersetzt, um unnötiges Blutvergießen zu vermeiden, doch konnte ein starker, geübter Mann auch mit der Turnierlanze seinen

Gegner aus dem Sattel heben. Bevor jedoch die Waffen zum Einsatz kamen, ließen die beiden Recken erst einmal ihren Gefühlen freien Lauf, indem sie sich über die gesamte Länge des Turnierplatzes anbrüllten. Sehr zur Freude und Belustigung der Zuschauer, die sie inzwischen allesamt in ihren Bann gezogen hatten. Wer keinen Platz auf den Tribünen und Balkonen gefunden hatte, drängte sich zwischen dem gemeinen Volk an den Absperrungen des Turnierplatzes, um seinen Favoriten zu unterstützen.

»Dein Turnier ist die reinste Altweibersache. Bis jetzt habe ich nicht einen einzigen Tropfen Blut fließen sehen«, brüllte Marquard. »Die Kräuterweiber langweilen sich schon zu Tode. Sieh nur, vor lauter Ereignislosigkeit zerrupfen sie schon ihr Verbandszeug. Du hättest auf deiner Einladung erwähnen sollen, dass niemand eine Rüstung mitzubringen braucht.«

»Und du? Hast du überhaupt schon deine adlige Herkunft bewiesen bei den Kampfrichtern, hä? Vielleicht wäre es besser für deine Ehre, wenn du inkognito teilgenommen hättest. Dann wäre hinterher die Blamage nicht so groß.«

Um die Kampfbahn herum hingen an den Masten die Schilder all jener Ritter, die am Kampfgeschehen teilnahmen. Um seinen Gegner aufzufordern, musste der Herausforderer zu dem Schild seines gewünschten Gegners reiten und es mit der Lanze berühren. Dies galt als Aufforderung zum Kampf und durfte nicht abgelehnt werden. Arnold tat dies so heftig, dass Marquards Schild beinahe auf dem Boden landete.

»Ungeschickter Tölpel! Du hättest dich besser zu den Alten und den Weibern auf die Zuschauertribüne verzogen«, posaunte Marquard sogleich und ritt seinerseits zu Arnolds Schild und berührte es mit sehr viel mehr Fingerspitzengefühl.

»Hast Du gesehen, wie man das macht?«

Die Ritter nahmen ihre Ausgangspositionen an den entgegengesetzten Seiten der Kampfbahn wieder ein und Trompetenstöße verkündeten, dass es nun endlich losging.

Zuerst kämpfte man im Tjost mit den Lanzen, dann mit dem Schwert. Beide hielten sich gleich gut und mal war das

Glück auf der einen, mal auf der anderen Seite. Dann folgte ohne länger Verzögerungen das Ringstechen, eine reine Geschicklichkeitsübung, bei der man mit der Lanze in vollem Galopp durch einen Ring stechen musste. Aller Augen waren auf die Kämpfenden gerichtet und selbst die Händler und Spaßmacher hatten für kurze Zeit ihr Geschäft eingestellt.

Jerome musste anerkennend zugeben, dass beide trotz ihres Alters noch recht gut waren und mehr Geschick zeigten, als viele Jüngere. Bis jetzt lagen sie nach Punkten etwa gleich. Aber dann passierte es. Bei einem weiteren Geschicklichkeitsspiel, der Quintana, ereilte Arnold sein Missgeschick.

Die Quintana, eine drehbare Figur mit ausgestreckten Armen, hielt in der einen Hand das zu treffende Ziel, in der anderen eine schwere Eisenkugel. Hatte man nun das Ziel getroffen, schwang sie herum und man musste äußerst flink sein, um der herumwirbelnden Eisenkugel zu entgehen. Ein Moment der Unachtsamkeit hatte genügt und die Kugel holte Arnold vom Pferd. Marquard brüllte vor Lachen, fand nicht genug Worte der Schmähung und auch andere, die wohl auf Marquard gewettet hatten, stimmten fröhlich ein.

»Hatte dir niemand gesagt, dass solch schwerfällige und kampfuntaugliche Ritter wie du einen Stellvertreter schicken dürfen?«

»Ich habe mich mit Absicht fallen lassen. Als Gastgeber ziemt es sich nicht für mich, dich verlieren zu lassen, mein Lieber«, erklärte Arnold mit saurer Mine und rappelte sich vom Boden auf. Zum Glück hatte er keine schweren Verletzungen davongetragen.

Hoch erhobenen Hauptes ritt Marquard vor die Ehrenloge und begehrte förmlich, seinen Preis von Ermentrude entgegenzunehmen. Lächelnd erhob sich die Dame, um nach der Geldkatze zu greifen. Sie war verschwunden!

Jerome war, als treffen ihn eine Lanze mitten in den Magen und die Knie drohten ihm nachzugeben. Einhundert Metzer Denare. Geld, das man ihm anvertraut hatte, war gestohlen worden. Und das unter ihrer aller Augen. Heute war nicht sein Glückstag. Und prompt ging das Geschrei auch schon los. Alle brüllten durcheinander, am lautesten Marquard.

»Deine Burg ist doch seit jeher ein Heim für Gauner und Betrüger«, dröhnte er in Arnolds Richtung. »Nicht einmal deinem Kaplan, einem Mann der Kirche kann man hier trauen. Und Ihr, Madame«, und damit wandte er sich in Ermentrudes Richtung, »Ihr habt das Ganze eingefädelt.«

Jerome konnte sehen, wie Ermentrude vor Empörung tief rot anlief.

»Vielleicht habt Ihr Euch das Geld ja schon im Voraus genommen, weil Ihr Angst hattet zu verlieren«, brachte sie mühsam heraus.

Diese Anschuldigung hatte zur Folge, dass Marquard samt Familie die Burg verließ. Allerdings nicht, ohne vorher klar zu stellen, dass er binnen einer Woche wiederkäme, um sein Geld abzuholen.

»Mit ein wenig mehr Gastfreundschaft wäre Euer Freund vielleicht geblieben«, bemerkte Jerome spitz, obwohl er allen Grund hatte zu schweigen. Denn jetzt hatte er die Aufmerksamkeit wider Willen auf sich gelenkt.

»Und Ihr haltet den Mund, Pfaffe! Ihr hättet doch auf das Geld aufpassen sollen. Aber nein, wild auf Unterhaltung, habt Ihr Eure Pflicht vergessen. Seht Ihr, was Ihr angerichtet habt? Wenn es um Geld geht, versteht Marquard von Winnimberch keinen Deut Spaß. Also seht zu, dass Ihr es wieder findet.«

Arnold ordnete an, dass jeder, der zur fraglichen Zeit in der Ehrenloge war, durchsucht würde. Niemand ohne Ausnahme und Ansehen seiner Person. Denn, so sagte er, wer ein reines Gewissen habe, habe ja nichts zu befürchten. Eines konnte Jerome beschwören: Während des Kampfes, der alle in seinen Bann gezogen hatte, hatte niemand die Loge betreten oder verlassen. Es war nur eine Hand voll Menschen, die zu dieser Zeit hier waren: Arnulph und Binzela, Jofried und Ermentrude, Philipp und der Spielmann. Und er selbst natürlich. Jeder von ihnen wurde durchsucht. Aber die Geldkatze blieb verschwunden.

Kapitel 9

Auch ohne Marquard von Winnimberch ging das Turnier weiter. Auf weiteres Tjostieren wurde vorsorglich verzichtet. Man hatte bei ähnlichen Turnieren schon erlebt, dass danach fast sämtliche Ritter bei dem eigentlichen Turnier, der Versperie, kampfunfähig waren, was den Unterhaltungswert doch erheblich schmälerte.

Hauptatraktion waren natürlich, wie überall, die Armbrustschützen. Ihre Schnelligkeit und Treffsicherheit suchten ihresgleichen, was ihnen die ungeteilte Bewunderung der Damen einbrachte. Auch einige junge Männer zeigten sich begeistert. Arnold legte bei der Ausbildung seiner Männer allerdings mehr Wert aufs Bogenschießen, obwohl die Armbrust, seit Richard Löwenherz auch sie in Frankreich bekannt gemacht hatte, immer mehr auf dem Vormarsch war. In immer weiterer Entfernung wurden die Zielscheiben aufgestellt. Jeden Treffer begleiteten die Zuschauer mit Beifallsstürmen. Immerhin winkte dem Sieger in dieser Disziplin ein Falke. Vom Ansehen, das man erobern konnte, ganz zu schweigen.

Erst in der Dämmerung ging das Turnier zu Ende, ohne dass man den Verlust von Menschenleben zu beklagen hatte. Die Ritter strebten mit ihren Damen dem Rittersaale zu, das Fußvolk suchte sich einen strategisch günstigen Platz unter freiem Himmel, möglichst in der Nähe der Grillplätze. Der wunderbare Geruch der gebratenen Ochsen und Hammel am Spieß erfüllte die ganze Burg.

Auf dem Platz, an dem die Ritter noch eben ihr Können unter Beweis gestellt hatten, begannen die Zauberer und Gaukler mit ihren Darbietungen. Neben den Akrobaten, die mit Bällen und Keulen jonglierten oder den Taschenspielern, die weniger schnell Denkenden die Taschen leerten, kamen jetzt auch jene zum Zug, die schon während des Turniers Spottlieder auf die Teilnehmer verfasst hatten. Egal, wie rüde diese auch waren, heute konnten sie nicht dafür bestraft werden.

Das einfache Volk scharrte sich sofort um die Stände, an denen heute kostenlos für jedermann Fleisch und dunkles Brot verteilt wurde. Die geladenen Hochzeitsgäste begaben sich in den Pallas. Unter ihnen auch Bruder Jerome, sorgfältig darauf bedacht, nicht noch einmal unangenehm aufzufallen.

Für ihn war an der Hohen Tafel gedeckt, gleich neben Dame Ermentrude. Natürlich fühlte er sich geschmeichelt wegen des ehrenvollen Platzes und hätte das Mahl in vollen Zügen genießen können, hätte sich nicht Philipp von Itzbach, als sei es selbstverständlich, ebenfalls dort hin gedrängt. Soweit der Kaplan es in Erinnerung hatte, sollte er, wie es seinem Stand als einfacher Burgmann angemessen war, weiter unten sitzen. Doch der aufdringliche Gnom hatte beschlossen, dass es für jemanden wie ihn angebrachter sei, sich in der Nähe des Hausherrn niederzulassen. Als einer der Ersten hatte er sich hier hingesetzt und musterte mürrisch dreinblickend die Ankommenden. Arnold, der Unannehmlichkeiten überdrüssig, sah stillschweigend darüber hinweg.

Obwohl es ein herrlich sonniger Tag war, hatte seine Wärme nicht ausgereicht, die dicken Mauern des Pallas zu durchdringen. Die Läden der kleinen, schießschartenartigen Fenster hatte man geschlossen. Auch die Teppiche an den Wänden, eigens für den heutigen Tag hervorgeholt, vermochten die klamme Kälte in dem Raum nicht auszugleichen. Fleißige Hände hatten dafür gesorgt, dass in dem mächtigen Kamin an der Nordseite des Saales ein prasselndes Feuer entzündet worden war.

Eine weitere Wärmequelle bildeten die zahllosen Kerzen, die den Saal taghell erleuchteten. Außer den sonst üblichen Fackeln, die in eisernen Ringen an den Längsseiten des niedrigen Raumes verteilt waren, hatte man unzählige Wachskerzen aufgestellt. Mehrere fünfarmige Leuchter zierten die Tischplatten, die die Küchenjungen bereits hereingetragen und auf Schragen aufgebaut hatten. Von der Decke hing in der Mitte des Saales ein prächtiger Kronleuchter herab, ein großer, eiserner Reifen, an dessen oberem

Rand metallene Dornen angebracht waren, in die man die Kerzen steckte. Damit niemandem Wachs auf den Kopf oder ins Essen tropfte, waren unter den Dornen kleine Tellerchen angebracht.

Als auch die letzten Gäste einen Platz gefunden hatten, traten Pagen und Diener mit Schalen voller Waschwasser an die Tische.

Bei der Verteilung der Plätze an der hohen Tafel war streng der Rangordnung und der Eitelkeit der Gäste Rechnung getragen worden. Für den von Philipp requirierten Platz wurde einfach noch ein weiteres Kissen herbeigeschafft. Außer Jerome schien sich aber niemand wirklich darüber zu ärgern oder Philipp sogar auffordern zu wollen, diesen Platz zu verlassen.

Der Kaplan ließ seine Blicke durch den Raum schweifen und kam zu der Überzeugung, dass es allen zu gefallen schien. Allen, außer Philipp von Itzbach. Trotz des Platzes an der hohen Tafel, den er sich so eigenmächtig angeeignet hatte. Aber es war charakteristisch für ihn, dass er an der Freude anderer nicht teilhaben konnte. Wie immer glaubte er sich im Mittelpunkt von Intrigen und ungerechtfertigten Angriffen auf seine Person.

Trommelwirbel und Fanfarenklänge eröffneten das Bankett. Luciens Köche, zum größten Teil Gastarbeiter aus dem Elsass, der Wiege der guten Küche, trugen riesige Platten mit Geflügel und Wildbrett auf den Schultern herein. Hinter ihnen schleppten Pagen Weinkrüge, die zur Selbstbedienung für die Gäste auf den Tisch gestellt wurden.

Genüsslich schmatzend machten sich die Gäste über die reichhaltig gefüllten Schüsseln und Platten mit Ochsen- und Hammelfleisch, mit Schweinebraten, Hirsch, Geflügel und Fisch her. Auch die Damen nahmen an dem Gelage teil. Wie neuerdings in Mode, saßen Männer und Frauen beieinander und nicht nach Geschlecht getrennt. Selbst die Vornehmsten unter ihnen taten eifrig beim Trinken mit, was unzweifelhaft zur Folgen haben würde, dass man die eine oder andere später zu Bett tragen musste. Aber es gehörte einfach zu einer Hochzeit dazu, dass möglichst viel gegessen und getrunken wurde und dass man eine schrankenlose Fröhlichkeit an den Tag legte.

Die Männer schnitten ihren Damen das Fleisch zurecht und säuberten dann ihr Messer am Brot. Weißes Brot, aus ganz fein gemahlenem Mehl, wie es nur zu Festlichkeiten auf den Tisch kam. Vorsichtig griffen die Damen nach den Fleischstückchen und schoben sie dann mit zierlichen Gesten in den Mund.

Es hatte sich, die aus Jeromes Sicht, kindische Sitte eingebürgert, dass nicht nur das Brautpaar sondern auch die Gäste beschenkt wurden. Für jene Gaben war aber glücklicherweise der Brautvater, oder wie in Binzelas Fall, der Vormund der Braut zuständig. Das ganze Fest, abgesehen von den Kosten für das Turnier, ging auf seine Kosten, so wollte es die Regel. Arnold brauchte lediglich die Räumlichkeiten zur Verfügung zu stellen. Das erklärte auch, warum der Graf bei der Planung des Festes an nichts gespart hatte. Es war geradezu fabelhaft, was an Schweinen, Wild, Geflügel, Getreide, Mehl und Eiern verbraucht wurde.

Franz, der Kämmerer, hatte die Ausschmückung des Saales übernommen. Geschnitzte und kunstvoll verarbeitete Gefäße schmückten die Gesimse. Wertvolle Teppiche aus Limoges in Frankreich, von der verstorbenen Dame Elisabeth seinerzeit eifersüchtig gehütet, bedeckten die kalten, braunen Steinfliesen des Fußbodens. Nach dem Fest würden sie ruiniert sein, so viel stand fest. Schuld daran war in erster Linie die unsinnige Sitte des Blumenstreuens. Das meiste der Blütenpracht war jetzt schon verwelkt oder zertrampelt. Obwohl der Kamin nur mangelhaft seiner Bestimmung nachkam, wurde es durch die vielen Menschen langsam warm im Raum. Unter den Geruch von brennendem Holz und welken Blüten mischte sich der Duft nach gebratenem Fleisch.

Für die Gäste hatte Franz, der Kämmerer, die besten Löffel und Messer aufgelegt und hoffte, dass am Morgen nicht allzu viele fehlten. Der Souvenirhandel nahm bei solchen Festen geradezu erschreckende Ausmaße an.

An der Stirnwand des Rittersaales hing jetzt Arnolds

Schild, darunter Arnulphs eigenes. Die Schilde der übrigen Burgmannen zierten die Längsseiten des lang gestreckten Raumes, dazu ihre Waffen und Banner.

Es wäre jetzt an der Zeit, dass Arnold in seiner Eigenschaft als Hausherr eine kleine Ansprache hielt. Jerome beugte sich nach vorne, um ihm diesbezüglich Zeichen zu machen, wobei er aber leider feststellen musste, dass der Graf durch den Genuss des schweren Weines bereits als leicht indisponiert bezeichnet werden konnte. Auch alle anderen an seinem Tisch hatten sich schon reichlich bedient. Also beschloss Jerome, zur Verschönerung der Feier, selbst eine kleine, improvisierte Rede zu halten. Leider dauerte es vom Entschluss bis zur Ausführung zu lange, denn ein anderer riss noch vor ihm die allgemeine Aufmerksamkeit an sich.

Ranulf der Spielmann streifte ein-, zweimal über die Saiten seiner Leier und begann damit, Loblieder auf die anwesenden Ritter zu singen.

Der Sänger hatte Zeit gefunden, sich seit dem Turnier umzukleiden. Er trug nicht wie die meisten seiner Zunft ein senkrecht in zwei Farben halbiertes Gewand, sondern dieses hier war bunt gestreift, in wildem Durcheinander gemustert und mit Glassteinen diverser Farben besetzt. Das Gewand vervollkommnete ein schreiend roter Umhang. Sein Instrument hatte er um den Hals gehängt und Jerome hoffte im Stillen, dass die Kordel sich zuziehen möge. Ihm missfiel das dreiste Auftreten des Spielmannes. Warum war er schon wieder hier? Es waren auch noch andere Spielleute zugegen. Aber dieser hier verstand es ausgezeichnet, sich immer in der Nähe der Höhergestellten zu befinden. Schon in der Kapelle hatte er gesehen, dass der Spielmann, ein Mitglied der untersten Gesellschaftsklasse, sein Haar frech onduliert hatte, genau wie Jofried von Berge. Jerome schielte zu dem Kaufmann herüber um festzustellen, ob dieser sich dadurch vielleicht provoziert fühlte. Sehr zu seinem Ärger musste er feststellen, dass es Jofried überhaupt nicht interessierte. Konnte es sein, dass er es etwa noch nicht bemerkt hatte? Vielleicht sollte man eine diskrete Andeutung machen. Schließlich gab es Regeln, die man einzuhalten hatte und in diesem Falle sagten sie genau, wer sein Haar wie lang zu tragen hatte. Bauern zum Beispiel hatten das Haar über den Ohren abzuschneiden. Und ein Spielmann stand noch weit unter ihnen. Nur den Aristokraten und den höheren bürgerlichen Gesellschaftsschichten war diese lange Haarpracht zugebilligt. Aber außer Jerome schien sich kein Mensch daran zu stören.

So wie seine Mitsänger die Verlierer auf dem Turnierplatz geschmäht hatten, pries Ranulf jetzt die Sieger. Arnolds verlorenen Kampf erwähnte er mit keiner einzigen Note, nur dessen allgemeinen Ruhm.

Philipp presste fest die Lippen aufeinander und schwieg. Jerome konnte sehen, wie sehr er wünschte, der Mund des Sängers würde endlich versiegelt. Lobreden auf andere waren ihm ein Dorn im Auge. Er wurde zusehends wütender. Als Ranulf seine Lobpreisungen endlich beendete, war Philipp regelrecht grün vor Neid, denn seine Person war überhaupt nicht erwähnt worden. Jerome ertappte sich dabei, dass er sich einer gewissen Schadenfreude nicht erwehren konnte.

Während sich alle laut schmatzend und fröhlich dem guten Essen hingaben, begann der Spielmann, noch immer hinter den Stühlen an der hohen Tafel hin und herwandernd, ein anderes Heldengedicht zu intonieren. Der Kaplan erkannte es als ein Werk Wolfram von Eschenbachs. Es handelte vom Heiligen Gral. Eine wunderschöne Sage, leicht religiös angehaucht, was Jerome ein wenig von seiner boshaften Betrachtung der anderen Gäste ablenkte.

Einige von ihnen hatten Recht abenteuerliche Manieren. Docelin von Rohlingen hatte sich gar ins Tischtuch geschnäuzt. Nun ja, es war natürlich nicht wirklich verboten. Aber auf Burg Siersberg befleißigte man sich mehr und mehr französischer Sitten. Und am französischen Hof, der Wiege vornehmer Esskultur, war es nicht angesagt, in die guten Damasttischdecken seiner Gastgeber zu schnäuzen. Jerome musste nicht sehr genau hinsehen, um zu erkennen, dass man hier aber nicht bei Hofe, sondern in der tiefsten Provinz war. Es störte keinen der Gäste, wenn sein

Tischnachbar laut schmatzte oder sich gefräßig über die Schüsseln beugte. Jerome schloss die Augen ob so viel Ignoranz der guten Sitten und lauschte Ranulfs Vortrag.

Die Geschichte, die er vortrug, rankte sich um ein Gefäß, aus welchem Jesus beim letzten Abendmahl getrunken hatte und in dem sein Blut bei der Kreuzigung aufgefangen worden war. Tatsächlich war Jerome bekannt, dass ein Kelch, auf den diese Beschreibung zutraf, zu Anfang der Kreuzzüge im Jahre 1101, bei der Eroberung von Cäserea erbeutet und nach Genua gebracht worden war, wo er sich noch heute befand.

Der Kaplan lehnte sich zurück und genoss die Darbietung. Er konnte förmlich vor sich sehen, wie der Gral dem Ritter, in dessen Besitz er war, zu allem Glück und einem langen Leben verhalf. Als in dem Lied die Rede von einer reinen Jungfrau war, die als einzige den Heiligen Gral emporheben konnte, der jedem anderen zu schwer war, fiel sein Blick wie zufällig auf Binzela. Er konnte nicht umhin, sich zu fragen, warum ihr breites, hässliches Gesicht so rot angelaufen war. Sie musste jedes Wort verstehen, denn im Gegensatz zu seinen bisherigen Darbietungen trug Ranulf dieses Lied in Deutsch vor.

Noch jemandem war seine Beobachtung nicht verborgen geblieben. Doch Philipp, der Binzelas plötzliche Schamröte ebenfalls bemerkt hatte, besaß bei weitem nicht Jeromes Taktgefühl.

»Ich glaube ja fast, ihr fühlt Euch betroffen, meine Liebe? Ihr hättet den Heiligen Gral wohl auch nicht mehr hochheben können«, grinste er unverschämt zu Binzela hinüber, die langsam ihren Löffel sinken ließ und noch etwas dunkler anlief, diesmal vor Wut. Doch Philipp konnte oder wollte seinen Fauxpas nicht bemerken. Er plapperte unverwandt weiter. Entweder war er unglaublich dumm oder er war unglaublich unverschämt. Vielleicht hatte er auch nur zu viel Wein getrunken, weil es ihn heute ja nichts kostete. Wie auch immer; niemand konnte den Stein mehr stoppen, den er, absichtlich oder nicht, ins Rollen gebracht hatte.

Jerome merkte, wie die fette braune Soße von seinem Teller auf seine beste Kutte tropfte. Doch er schenkte dem keine Beachtung, denn just in diesem Moment drehte Philipp sich zu Jofried herum und grölte, dass es der ganze Saal hören musste:

»Ihr müsst ja froh sein, dass Ihr sie los werdet, was? Wenn man so bedenkt, dass die Menschen in ihrer Nähe wie die Fliegen sterben...«

Weiter kam er nicht. Begleitet von dem plötzlichen, pikierten Schweigen der Gäste tat Jofried genau das, was Jerome sich schon seit langem aus tiefster Seele wünschte, aber selber nicht tun konnte. Er schlug Philipp die geballte Faust ins Gesicht. Doch der Gnom schlug behände zurück. Innerhalb weniger Minuten hatten beide die schönste Keilerei.

So plötzlich, wie die Auseinandersetzung begonnen hatte, machte Arnold ihr ein Ende. Sein unnachahmlich donnernder Bass erschreckte die beiden Kontrahenten so, dass sie mitten in der Bewegung innehielten.

Für Jeromes Geschmack - der Herr verzeihe ihm - war die Sache für Philipp viel zu glimpflich abgegangen. Er hatte lediglich eine blutende Nase und ein paar unbedeutende Schrammen an der rechten Hand davongetragen, während Jofrieds Auge zusehends blauer wurde. Das Schweigen, das darauf folgte, war nicht nur Jerome peinlich. Selbst Dame Ermentrude fehlten die passenden Worte. Eine unglaubliche Provokation.

Es war wieder Ranulf, der Spielmann, der die Situation rettete. Er lenkte die Aufmerksamkeit aller auf seine Person, indem er nach Philipps Handschuhen griff und das so schnell, dass niemand sah, wie es zuging, daraus einen Strauß bunter Frühlingsblumen hervorzauberte. Unter den bewundernden Ausrufen der Gäste überreichte er den Strauß Ermentrude, die ihn dankbar anlächelte. Dann schnellte er herum, griff hinter Jofrieds Ohr und zog eine Hand voll bunter Bänder dahinter hervor, die er an die anwesenden Damen im Saal verteilte. Sein nächster Griff - Jerome verschlug es fast den Atem - galt Binzelas Dekolletee, aus dem er einen wundervoll gearbeiteten Flakon mit Parfüm zauberte. Der Friede war wieder hergestellt. Ranulfs Taschenspielertricks hatten die Situation gerettet.

Zufrieden griff Ranulf nach seiner Leier und stimmte ein weiteres, in mittelhochdeutsch gehaltenes Meisterwerk an. Jerome hatte wohl schon von diesem Lied gehört, aber jetzt trieb es ihm doch die Schamröte ins Gesicht. Einen schärferen Kontrast als zwischen diesem Lied und dem vorangegangenen konnte es gar nicht geben. Es hieß »Tristan und Isolde«, war voller Frivolität und Esprit und machte sich über die Gottesgerichte lustig. Offenbar eine französische Arbeit. Ein Gottfried von Straßburg habe es verfasst, lachte sein Tischnachbar, als er Jeromes Verlegenheit bemerkte.

»Tristan und Isolde« war eine fortwährende Verherrlichung des Ehebruchs. Es hob die Stimmung im Saal jedoch enorm. Ein schönes Zeugnis für das sittliche Gefühl unserer Zeit, dachte Jerome resigniert.

Dieser Gottfried von Straßburg konnte keinen Anspruch auf literarische Unsterblichkeit erheben, doch musste Jerome empört feststellen, dass die Stimmung der Gäste durch diesen geradezu schlüpfrigen Gesang überzubrodeln drohte.

Jerome presste die Lippen fest zusammen. Er hatte es immer gewusst. Trotz seines vornehmen Lateins war dieser Ranulf doch nur ein Bänkelsänger der billigsten Art. Allein die Art und Weise, wie er den Weibern schöne Augen machte. Und die waren auch nicht besser.

Ermentrude schien seine Gedanken erraten zu haben. Ihr wissendes Grinsen in seine Richtung ärgerte ihn. Morgen Früh, noch vor der Messe würde er ihr deutlich sagen, dass eine Dame, und vor allem eine Dame in ihrem gesetzten Alter, sich solche Lieder in ihrer Gegenwart verbat. Aber Ermentrude sang lauthals mit und prostete dem Priester zu. Sie kannte doch tatsächlich den Text auswendig. Wenn sie ihn hatte ärgern wollen, war ihr das perfekt gelungen.

Jerome setzte seine sauertöpfischste Mine auf, damit jeder im Raum sehen konnte, was ein Mann der Kirche von dieser Art Darbietung hielt. Aber niemand beachtete die strafenden Blicke, die er in alle Richtungen aussandte.

Auch Philipp von Itzbach schien der Vortrag zu missfallen. Wütend starrte er in seinen Becher und trommelte mit seinen kurzen, dicken Fingern auf die Tischplatte. Gewiss wäre ihm lieber, wenn die Stimmung der Gäste genauso mies wäre, wie seine. Die Prügelei mit Jofried hätte er gerne als die Hauptatraktion des Abends gesehen. Aber kein Mensch redete mehr davon oder hatte sich gar die Lust am Feiern verderben lassen. Philipp betrachtete es geradezu als Brüskierung, dass niemand sich um die Beleidigungen und Demütigungen kümmerte, die er wieder hatte einstecken müssen. Ungerechtfertigterweise! Hatte nicht Jofried zuerst zugeschlagen? Wie konnten nur alle über dessen freches Handeln hinwegsehen? Aber dem würde er die Tour noch vermasseln. Und wenn es nicht gelang, sich Genugtuung zu verschaffen, bevor er abreiste, so war ja immer noch seine Ziehtochter hier. An irgendwem würde er sich schon rächen für den Kinnhaken, den er heute erhalten hatte.

»Ich glaube, es wird Zeit für mich zu gehen«, posaunte Philipp, sobald Ranulfs Lied zu Ende war und es ihm gelang, sich wieder Gehör zu verschaffen. »Ich denke, ich werde hier nicht mehr gebraucht«, schnappte er in Arnolds Richtung, der ihm lediglich mit seinem Weinbecher winkte und ihm deutete, er könne sich getrost entfernen.

Umständlich begann er sich in seinen Festmantel zu hüllen und streifte sich pedantisch seine feinen Lederhandschuhe über. Als er sicher war, dass auch der Letzte im Saal bemerkt haben musste, dass er das Fest vorzeitig verließ, zog er ab.

Es dauerte daraufhin nicht lange, bis auch Jofried sich verabschiedete. Ihm konnte man den frühen Aufbruch nicht vorwerfen, war sein Auge doch inzwischen völlig zugeschwollen und schillerte in den schönsten Farben. Es würde ihn noch eine ganze Weile an Philipp erinnern.

Als er gegangen war, wandte Jerome sich Dame Ermentrude zu. Belustigt stellte er fest, dass ihre Frisur unter der allgemeinen Stimmung im Saal und den ansteigenden Temperaturen ein wenig gelitten hatte. Die graue Zopfkrone hing jetzt etwas windschief auf dem sonst so aufrechten Haupt und die mit Perlen verzierten Kämme hatten sich allesamt gelöst. Er rückte ein wenig näher und machte eine diesbezügliche Bemerkung.

»Ich wüsste nicht, was Euch meine Frisur angeht«, gab sie schnippisch zurück. »Außerdem ist es Euch ja wohl zu Ohren gekommen, dass mir Mechthild abhanden gekommen ist. Es ist ein Wunder, dass diese tölpelhafte Magd, die mir jetzt aufwartet, überhaupt eine Frisur zu Stande gebracht hat.«

Eine der Damen, die in Ermentrudes Nähe saßen, blickte erstaunt zu ihnen herüber.

»Ich kenne Eure Zofe Mechthild, Madame. Ich sah sie gestern Abend noch im Hof. Sie unterhielt sich mit Philipp von Itzbach, der gerade eben ging. Ich konnte nicht genau verstehen, worüber sie sprachen, aber ich glaube, es ging um die tote Frau, die in der Zisterne gefunden wurde.«

Abrupt setzte Ermentrude ihren Becher ab und sah der Rednerin gerade ins Gesicht.

»Seid ihr sicher, dass es Philipp war, mit dem sie sich unterhielt?«

»Aber ja, Madame, ich kenne ihn gut genug, um ihn auch in der Dämmerung zu erkennen.«

»In der Dämmerung, sagt Ihr? Wann genau war das?«

»Es war eine Weile, nachdem die Betglocke geläutet hatte.«

Mit anderen Worten: zu der Zeit, als alle in Madames Kemenate gesessen hatten. Zu der Zeit auch, als der Rubin verschwunden war. Sollte etwa die treue Mechthild...? Hatte sie möglicherweise mit Philipp von Itzbach gemeinsame Sache gemacht? Jerome mochte keine voreiligen Schlüsse ziehen. Nichts lag ihm ferner, als schlecht über seine Mitmenschen zu denken. Aber möglich wäre es immerhin. Mechthild hatte, bevor sie in Ermentrudes Dienste trat, hier auf der Siersburg gelebt. Kannte sie Philipp von früher oder hatte sie ihn vielleicht während der Besuche ihrer Dame hier kennen gelernt? Gleich morgen wollte er danach fragen. Die kleine, rundliche Person die Ermentrude angesprochen hatte, wollte gehört haben, dass die beiden über die Tote aus der Zisterne gesprochen hatten. Gewiss hatte sie sich verhört. Was konnte es so wichtiges mit der Mumie auf sich haben, dass Mechthild Dame Ermentrudes Räume gegen deren ausdrückliche Anweisung verlassen hatte, um sich mit Philipp zu treffen. Sicher hatten sie über den Schmuck geredet. Interessiert beugte Jerome sich zu der Rednerin herüber.

»Verzeiht, edle Frau. Als Ihr Mechthilds Gespräch mit Philipp von Itzbach belauschtet...«

»Was fällt Euch ein! Ich habe nicht gelauscht. Es war der reine Zufall, dass ich überhaupt so nahe an die beiden herankam, um etwas zu hören.«

Schon wieder ins Fettnäpfchen getreten. Er sollte lernen, sich vorsichtiger auszudrücken.

»Verzeiht meine Ungeschicklichkeit, Madame. Ich wollte nur wissen, ob Mechthild sich irgendwie ungewöhnlich benommen hat. Hattet ihr den Eindruck, ich meine, falls ihr überhaupt Euren Blick in die Richtung der beiden gewendet habt, dass die Zofe sich freute, Philipp zu sehen? Oder taten beide geheimnisvoll miteinander? Konntet Ihr vielleicht sehen, ob ein Päckchen zwischen beiden gewechselt wurde?«

Ohne den Priester überhaupt noch eines Blickes zu würdigen, wandte die Frau sich an Dame Ermentrude und gab ihr die Antwort auf die Frage, die der Kaplan gestellt hatte.

»Weder das eine noch das andere. Sie stritten miteinander, Eure Zofe und Philipp. Beide waren ausgesprochen wütend, wenn Ihr mich fragt. Ich konnte nur Bruchstücke der Unterhaltung verstehen, aber es ging eindeutig um die Tote aus der Zisterne. Ich hörte gar, wie Mechthild zischte, sie würde ihm jetzt das Genick brechen.« Die Dame nickte nachdrücklich.

Und sie hat doch gelauscht, dachte Jerome.

Ermentrude, die mit einer Hand den Weinpokal hielt, versuchte mühsam mit der anderen ihre Frisur in Ordnung zu bringen.

»Ihr müsst Euch verhört haben«, sagte sie. »Meine so sanftmütige und taktvolle Mechthild würde niemals zu einem

Mann sagen, dass sie ihm das Genick brechen werde, egal, wie sehr er sie auch provoziert haben mag. Solche Ausdrücke passen nicht zu ihr.«

»Es sei denn, sie hätte einen wirklich guten Grund dazu gehabt«, warf Jerome dazwischen. »Immerhin ist sie danach verschwunden. Auch wenn er abstreitet, sie überhaupt gesehen zu haben. Wir haben jetzt eine Zeugin dafür. Ich glaube, wir sollten gleich morgen ein ernstes Wort mit diesem Mann reden. Gewiss kann er Auskunft über Mechthild geben, wenn nicht sogar über Euren Schmuck.«

»Ja, da habt Ihr Recht. Und ich möchte beides wieder haben, deshalb werde ich gar nicht erst bis morgen warten. Jetzt ist er in seinem Haus und greifbar. Wir werden Arnold mitnehmen. Mal sehen, ob er ihn auch anlügt und behauptet, er habe Mechthild nie gesprochen.«

Arnold schaute einigermaßen verblüfft, als seine Tante und sein Kaplan sich seiner Mithilfe versichern wollten. Er war ihrem Gespräch nicht gefolgt und es erforderte langatmige Erklärungen, warum sie mitten in der Nacht noch mit Philipp reden wollten, warum sie ihn, Arnold, mitschleppen mussten und warum sie nicht wie alle anderen hier froh waren, dass der streitsüchtige Kerl ihnen aus den Augen sei. In Wahrheit wollte sich Arnold wohl nicht von der drallen Blondine trennen, die auf seinem Schoß herumrutschte. Doch es gelang Jerome, sie zu verscheuchen und endlich hatte er Arnolds Aufmerksamkeit. Mühsam erklärte er ihm, wie er und seine Tante die Aussagen ihrer Tischnachbarin deuteten.

»Ihr hattet, glaube ich einmal erwähnt, dass Mechthild früher hier auf der Burg gelebt hat. Bevor sie in die Dienste Eurer Tante getreten ist. Es könnte sein, dass sie Philipp von früher kannte.«

»Natürlich kannte sie ihn«, antwortete Arnold. »Sie war damals ganz verschossen in Philipps Sohn. Dietrich hieß er. Aber als seine Mutter abgehauen war, wurde das Kerlchen unleidlich. Machte unentwegt Ärger. Und als alle Prügel nichts half, warf Philipp den Bengel aus dem Haus. Der ging und kam nie wieder. Und damit war die arme

Mechthild ihren Schwarm los. Ich glaube, das hat sie Philipp nie verziehen.«

»Aha!« Dame Ermentrude hielt ihren Becher dem Knappen unter die Nase, der gerade mit einer Weinkaraffe an ihr vorbeikam. »Dachte ich mir doch, dass da ein Mann im Spiel war. Mechthild hat nie darüber mit mir gesprochen. Aber sie hat auch nie geheiratet. Sicher hatte sie Angst, der nächste würde sich auch in Luft auflösen.«

»Dass dieser Dietrich Mechthilds große Liebe gewesen sein könnte, könnt Ihr Euch wohl nicht vorstellen«, rutschte es Jerome heraus.

»Was redet ihr nur für einen Unsinn, Pfaffe? Als ob gerade Ihr über solche Dinge Bescheid wüsstet. Aber wie dem auch sei. Wenn es so war, wie Arnold sagt, hatte sie wenig Grund Philipp zu mögen.«

»Ob sie ihn wegen seines Sohnes hat zur Rede stellen wollen?«

Arnold war skeptisch. »Jetzt? Nach so langer Zeit? Und warum erst jetzt? Mechthild hat Tante Ermentrude so oft hierher begleitet und jedes Mal hätte sie Gelegenheit gehabt, mit Philipp zu reden. Wenn sie heute mit ihm gestritten hatte, ging es sicherlich um andere Dinge, von denen wir nichts wissen. Und was den Jungen angeht: Ich war mir damals ganz sicher, dass er gemeinsam mit seiner Mutter fort gegangen ist. Verschwand nur wenige Tage nach ihr.«

»Und keiner von beiden ist je wieder zurückgekommen?«

»Nein! Ehrlich gesagt habe ich mich schon gewundert, dass diese Maria nicht wieder gekommen ist. Wo will eine Frau alleine hin?«

»Vielleicht dahin, wo weniger Prügel verteilt wird als in Philipps Haus«, meinte Ermentrude sarkastisch.

»Was hätte Philipp sonst tun sollen«, konterte Arnold. »Seine Frau war ihm in allen Dingen ebenbürtig. Eine Person von – sagen wir es mal vorsichtig – überschäumendem Temperament. Wie Rothaarige nun mal so sind.«

»Rothaarig?« Dame Ermentrude blickte ungläubig von Arnold zu Jerome und wieder zu Arnold. »Sagtest du rothaarig? Grundgütiger! Ja, jetzt wo du es sagst, erinnere ich mich wieder. Philipps Frau hatte rotes Haar!«

»Ja, allerdings. Ihr Haar war feuerrot. Und?«

»Oh, mein Gott«, flüsterte Jerome. »Eine Rothaarige, die plötzlich verschwunden ist...«

»Sagt mal. Was ist hier überhaupt los?«, donnerte Arnold.

»Also, ich möchte ja nichts sagen«, schnappte Ermentrude in seine Richtung, »aber selbst Bruder Jerome, der eher langsam im Denken ist, hat verstanden, was hier Sache ist. Eine rothaarige Frau verschwindet, plötzlich und spurlos. Und wir haben gestern in deiner Zisterne eine Frau gefunden. Ebenfalls rothaarig. Und offensichtlich schon lange verschwunden. Na?«

Endlich verstand auch Arnold. »Ihr meint also, es gibt einen Zusammenhang zwischen Philipps Frau und der Toten aus der Zisterne?«

»Ich meine es nicht, ich weiß es. Und Mechthild wusste es auch. Jetzt wird mir vieles klar. Ihr komisches Verhalten nachdem sie die Tote gesehen hat. Ihr dringender Wunsch sich zurückzuziehen. Da wollte sie sich mit Philipp treffen. Sie hatte sie erkannt. Dieses dumme Weib. Hätte sie mir doch gesagt, was sie wusste. Los Arnold, wir werden deinen Burgmann jetzt zur Rede stellen. Und wenn er mir mit Ausflüchten kommt, dann... dann...« Ermentrude war so wütend, wie Jerome sie noch nie erlebt hatte.

Als Jerome hinter Ermentrude und Arnold den Raum verließ, bemerkte er den Spielmann, der in der Nähe stand und ganz ungeniert versuchte, der Unterhaltung zu folgen. *Neugieriger Schnüffler*, dachte der Kaplan.

Die kleine Gruppe bahnte sich einen Weg durch das noch immer feiernde Volk im Burghof. Während man drinnen damit begonnen hatte, die Tische aus dem Saal zu schaffen, um sich ungehindert an den eher züchtigen Schreittänzen zu erfreuen, sprang das einfache Volk hier draußen wild herum mit weit ausholenden Tanzbewegungen.

Diese Reigentänze stießen natürlich auf Jeromes ungeteilte Missbilligung, während sie allen anderen ausgezeichnet gefielen. Die Bauern stampften bei dem, was sie Tanz nannten, laut auf dem Boden auf und begleiteten ihr Tun mit Händeklatschen und Geschrei. Mehrere grobschlächtige Spielleute begleiteten sie auf ordinären Blasinstrumenten. Empört schloss Jerome die Augen, als die Tänzer ihre Partnerinnen herumzuwirbeln begannen. Man sah deren Beine noch weiter als bis zum Knie entblößt. Morgen bei der Frühmesse würden sie etwas zu hören bekommen. Alle! Doch jetzt konnte Jerome sich nicht um ihr Seelenheil kümmern. Er hätte zu diesem Zeitpunkt auch nur wenig Erfolg gehabt. Da machte er sich nichts vor. Aber morgen Früh, wenn sie elend und verkatert waren. Da fruchteten Apelle an ihr Gewissen wesentlich mehr. Jetzt hatte Jerome anderes zu tun. Es ging nicht nur mehr darum zu erfahren, ob Philipp etwas über Dame Ermentrudes Rubin oder über Mechthilds Verbleib wusste. Die Sache mit der rothaarigen Frau aus der Zisterne musste geklärt werden.

Ermentrude, Jerome und Arnold drängten sich durch die feiernde Menge, erreichten Philipps verwahrlostes Haus und durchquerten den von Unkraut überwucherten Garten. Energisch klopfte Arnold. Nichts rührte sich. Arnold wollte die unangenehme Situation so schnell wie möglich hinter sich bringen. Vielleicht hatte seine Tante ja Unrecht und wenn das hier nicht zu lange dauerte, könnte es vielleicht gelingen, die dralle Blondine von vorhin wieder zurückzuholen, bevor sie sich mit jemand anderem vergnügte.

»Offensichtlich ist er nicht zu Hause«, stellte Arnold fest und wollte schon wieder gehen, als einer der Pferdeknechte ihn anrief.

»Sucht Ihr Philipp von Itzbach, Herr? Er ist drinnen. Ganz schön besoffen, der Kerl. Schwankte wie eine Fahnenstange im Sturm. Kein Wunder, der Wein ging ja heute nicht auf seine eigene Rechnung.« Beifall heischend sah der Mann sich nach seinen Kumpanen um. Schallendes Gelächter belohnte seinen Witz.

»Bringen wir es hinter uns«, brummte Arnold und klopfte noch einmal, diesmal energischer. Als er auch darauf keine Antwort erhielt, trat er kurzerhand die Tür ein.

Im Haus war es dunkel. Arnold versuchte in dem schwachen Lichtstreifen, der von den Feuerstellen im Hof durch die Türöffnung fiel, eine Lampe zu finden. Das Dunkel, das sie umgab, roch feucht und muffig.

Als es Arnold endlich gelungen war, eine Lampe zu finden und anzuzünden, sahen sie es. In dem unordentlichen Raum lagen über den ganzen Boden verstreut Münzen. Genau vor Arnolds Stiefel lag die Geldkatze, die am Nachmittag verschwunden war. Und inmitten der Metzer Denare lag Philipp von Itzbach. Tot!

Kapitel 10

So wie Philipp dalag, konnte kein Zweifel daran bestehen, dass er tot war. In grotesker Haltung, die Gliedmaßen unnatürlich verrenkt, hing er halb liegend, halb kniend über dem Fußende seines Bettes. Noch im Tod krallte er sich verzweifelt an den geschnitzten Bettpfosten, so als versuche er, wieder auf die Beine zu kommen. Seine linke Hand krampfte sich um den Hemdkragen, den er vergeblich zu öffnen versucht hatte. Das breite, flächige Gesicht war bläulich angelaufen und die Zunge hing ihm geschwollen aus dem Mund.

Philipp trug noch die Handschuhe und den Umhang, mit dem er die Feier verlassen hatte. Sein breitkrempiger Hut, nach französischer Mode mit einer Straußenfeder verziert, lag achtlos auf dem Boden. Wie es aussah, hatte er nicht einmal mehr Zeit gefunden, sich auszuziehen. Er musste unmittelbar nach seinem Eintreffen gestorben sein.

Der einzige Raum auf dieser Etage war nicht als ordentlich oder aufgeräumt zu bezeichnen. Dennoch deutete nichts auf einen Kampf hin oder darauf, dass ein Eindringling nach etwas Wertvollem gesucht hätte.

Das karge Zimmer enthielt auch nichts, was des Stehlens Wert wäre. Wenn man es genau betrachtete, lebte Philipp in geradezu ärmlichen Verhältnissen und in Jerome regte sich gar ein schlechtes Gewissen, weil er diesen Mann nie gemocht hatte. Ein paar, zum Teil angeschlagene Teller und Becher auf den einfachen Wandborden, das Bett, aus einfachem Fichtenholz und eine billige Truhe ohne jede Verzierung machten Philipps ganzes Inventar aus.

Jerome ging zu der Truhe hinüber und klappte den gewölbten Deckel nach oben. Sie war nicht verschlossen. Die wenigen Habseligkeiten lagen achtlos darin zusammengeknüllt. Auch in den Satteltaschen, die er zuunterst fand, war nichts von Wert. Wenn Philipp so viel besessen hatte, wie er überall prahlerisch erzählt hatte, mussten seine Kostbarkeiten irgendwo anders untergebracht sein. Was Jerome hier sah, war geradezu armseelig.

Dann sah er die Pergamentrolle. Sie lag zuunterst in der Truhe. Neugierig nahm er sie heraus und rollte sie auseinander. Schockiert über ihren Inhalt reichte er sie wortlos an Arnold weiter.

»Gott im Himmel«, entfuhr es dem Grafen. »Wozu hat er das gebraucht? Was hatte dieser kleine Mistkerl vor? Nehmt das mit und bringt es in Sicherheit. Nicht auszudenken, wenn das dem Falschen in die Hände fällt.«

In diesem Moment rief Dame Ermentrude nach den Männern und anstatt die Pergamentrolle in seiner Kutte zu verwahren, legte Jerome sie auf den Tisch.

Kurz ging es dem Priester durch den Kopf, dass Philipp von Itzbach nicht einmal mehr die Zeit gefunden hatte, eine Lampe anzuzünden. Nachdem er das Haus betreten hatte, musste alles sehr schnell gegangen sein. Der Pferdeknecht, der Arnold draußen angesprochen hatte, hatte ihn hineintorkeln sehen. Völlig betrunken, wie er sich ausgedrückt hatte. Doch im Saal war er noch recht nüchtern gewesen. War er möglicherweise da schon verletzt und war deshalb getorkelt? Oder hatte sein Mörder im Inneren des Hauses gelauert?

»Seht nach Jerome, ob sich jemand oben aufhällt.«

»Ich?« Jerome war entsetzt. »Ich bin mir völlig sicher, dass dort oben niemand...«

»Ach, lasst gut sein«, schnaubte Arnold. »Gebt mir die Kerze dort drüben. Ich werde selber gehen.«

Jerome atmete auf. »Ich kann ja mal draußen nachfragen, ob jemand etwas gesehen hat«, bot er an. Zwischen all den Menschen im Hof ging man doch ein geringeres Risiko ein.

Es galt festzustellen, ob jemand von den Feiernden draußen gesehen hatte, wie jemand Philipps Haus verließ. Durch ein Fenster konnte niemand entkommen sein. Die größeren gingen zum Hof, die anderen beiden, zwei kleine schießschartenartige Schlitze nur, lagen zu der Seite des Hauses, die einen Teil der Burgmauer bildete. Selbst wenn sich jemand hier hindurchzwängen konnte, wäre er in den

Burggraben gestürzt, der um vieles tiefer lag als der Innenhof. Arnold untersuchte die Läden dieser beiden Fenster. Sie waren von innen fest verschlossen. Auf diesem Weg hatte gewiss niemand das Haus verlassen.

Als Jerome nach draußen wollte, hielt Ermentrude ihn zurück. »Nun rennt mal nicht so schnell Bruder. Wir wollen ihn uns erst einmal ansehen, bevor Ihr draußen alles rebellisch macht. Möglicherweise hat ja überhaupt niemand hier seine Hand im Spiel. Sie ging zu der Eingangstür, die Arnold so achtlos eingetreten hatte. Ihre Finger glitten über das Holz und hinunter zum Riegel. Er war vorgeschoben, bevor Arnolds Tritt ihn aus seiner Verankerung gerissen hatte.

»Wenn aber die Läden verschlossen und dic Tür verriegelt waren«, überlegte sie, »wie hat der Mörder nach seiner Tat das Haus überhaupt verlassen können? Falls wir es hier überhaupt mit Mord zu tun haben.«

In der Zeit, in der Arnold sich im Haus umsah, untersuchten Jerome und Ermentrude Philipps Leiche. Es gab keinerlei äußere Verletzungen, außer den paar Schrammen, die er sich bei der Auseinandersetzung mit Jofried von Berge zugezogen hatte. Es schien eher, als sei er erstickt. Arnold hatte die Durchsuchung des oberen Stockwerkes beendet und war wieder zu ihnen gestoßen.

Ermentrude sprach als Erste von Gift und Arnold gab ihr durch sein Kopfnicken zu verstehen, dass es genau das war, woran er auch dachte.

»Diese blau angelaufenen Lippen sind ein sicheres Anzeichen dafür«, sagte er schließlich. »Philipp hat in seinem Todeskampf an seinem Kragen gezerrt. Er scheint keine Luft mehr bekommen zu haben. Ich bin mir fast sicher, dass wir es hier mit einem Pfeilgift zu tun haben.«

Jerome sah ihn ungläubig an. Wer sollte ihn vergiftet haben und vor allen Dingen, wann? Erst kurz vor seinem Tod war Philipp munter und wohlauf aus dem Festsaal spaziert und kurz danach lag er tot in seinem Haus, das von innen verriegelt war. Wer konnte in der Zwischenzeit Gelegenheit gehabt haben, ihn zu vergiften? War er noch draußen bei jemand anderem gewesen? Aber die Feiernden hatten ausgesagt, er sei geradewegs aus dem Rittersaal gekommen und zu seinem Haus getorkelt. Also hatte er unterwegs keinen Aufenthalt gehabt und zu Hause war es ihm gleich schon so schlecht gegangen, dass er sich nicht einmal mehr hatte ausziehen oder ein Licht anzünden können. Blieb nur der Rittersaal als Tatort. Aber dort, das konnten alle drei bestätigen, war es ihm noch gut gegangen.

»Ich kann mir nicht vorstellen, wie jemand das in der kurzen Zeit zwischen dem Verlassen des Saales und seiner Ankunft hier bewerkstelligt haben könnte«, sagte der Kaplan und schüttelte entschieden den Kopf.

»Ihr seid zu arglos, Jerome. Und das nach allem, was in den letzten Tagen vorgefallen ist. Es ist einfacher, als ihr denkt. Man vergiftet die Schwert- oder Pfeilspitze und schon reicht ein kleiner Kratzer aus, um Euch den Garaus zu machen. Ein elendes Sterben, wenn ihr es genau wissen wollt. Pfeilgift - und damit haben wir es hier ohne Zweifel zu tun - verursacht Herzbeklemmen und akute Atemnot, ein Kribbeln im ganzen Körper. Der Sterbende bleibt bis zu seinem elenden Ende bei vollem Bewusstsein, kann aber nicht reden oder irgendetwas tun. Das Gift lähmt ihn. Dieses Sterben mag sich über Stunden hinziehen oder ganz plötzlich von statten gehen. So wie in diesem Fall.«

»Verwahrt ihr Pfeilgift in der Waffenkammer, Arnold?«

»Natürlich«, antwortete der Angeredete. »Wie jeder andere auch. Eisenhut. Es ist ganz einfach herzustellen, deshalb wird es fast überall verwandt. Man weicht die Wurzel des Eisenhutes eine Zeit lang in Wasser ein, zerstampft sie dann und presst schließlich den Saft heraus. Wir verwenden es allerdings fast ausschließlich für die Jagd. Aber ich bin sicher, dass immer ein gewisser Vorrat davon in der Waffenkammer bereit liegt.«

Jerome für seinen Teil war geradezu erbost darüber, dass Philipps Tod seine ganze Theorie über den Haufen warf. Er hätte sich allzugut als Dieb und als Mechthilds Entführer gemacht. Das Geld, das für den Wettkampf bereit gelegt worden war, hatte er ja mal mit Sicherheit genommen.

Sonst wäre es nicht hier. Und Mechthild hatte ihn erwischt und zur Rede gestellt? Vielleicht Selbstmord durch ein schlechtes Gewissen? Er machte eine diesbezügliche Bemerkung.

»Philipp und sich das Leben nehmen? Und noch dazu aus Scham? Jerome, Ihr müsst nicht recht bei Trost sein heute Abend. Dieser Mann lebte nur dafür, anderen Übles zu wollen, sie zu denunzieren, jedem Schaden zuzufügen, wo es nur möglich war. Gerade Ihr solltet ihn kennen, nach all den Jahren, in denen ihr mit ihm zusammen in der selben Burg lebt. So etwas wie ein Gewissen hatte er nicht und das Wort Reue kam in seinem Vokabular nicht vor. Solche Menschen richten sich nicht selbst.«

Irgendwie musste Jerome Ermentrude Recht geben. Doch es hätte gut zu der von innen verschlossenen Tür gepasst. Aber es war, wie sie sagte. Philipp hatte ein lästerliches Schandmaul. Wenn er Schaden anrichten konnte, war das seine größte Freude. Seine Art ließ es gar nicht zu, dass er ein schlechtes Gewissen wegen irgendwas haben könnte.

Doch das Ergebnis aller Betrachtungen zusammengenommen ließ nur einen Schluss zu. Fakt war, Philipp war vergiftet worden und wenn er es nicht selbst getan hatte, musste es ein anderer besorgt haben. Und somit war es Mord.

»Wenn Herzog Mathäus davon Wind bekommt, wird er den herzoglichen Rat einberufen wollen. Immerhin war Philipp einer seiner Lehnsleute, wenn auch ein ziemlich unbedeutender und recht unsympathischer noch dazu. Nicht, dass ich groß um ihn trauern würde, aber ein Mord bleibt ein Mord. Und das kann ich innerhalb meiner Burg nicht auf sich beruhen lassen. Ich werde dem Herzog morgen Früh eine Depesche schicken müssen, damit er sich der Sache annimmt.«

Ermentrude sah die Sache entschieden gelassener.

»Schicke ihm eine Nachricht, aber erwähne nur das Nötigste«, sagte sie.« Mit ein wenig Glück können wir ihm gleich den Mörder präsentieren. Ich habe da so eine Idee. Allerdings fehlen mir ein paar Beweise. Noch! Ihr, Jerome, werdet sie für mich finden. Diesmal weiß ich genau, wo und vor allem, wonach Ihr suchen müsst.«

Jerome lief es eiskalt den Rücken hinunter, wenn er an seinen letzten, missglückten Einbruchsversuch im Wagen des Spielmannes dachte. Hoffentlich wollte sie nicht, dass er erneut dorthin ging. Aber mit Philipps Tod konnte dieser Ranulf gar nichts zu tun haben. Er war nicht mit Philipp zusammengetroffen, nachdem dieser das Fest verlassen hatte. Ranulf war danach die ganze Zeit im Rittersaal gewesen. Dafür gab es einen ganzen Saal voller Zeugen. Er war immer noch dort, als Dame Ermentrude, Arnold und er den Raum verlassen hatten und zu Philipps Haus aufgebrochen waren. Und überhaupt, er kannte Philipp fast nicht. Ermentrude war immer so sprunghaft. Was wollte sie jetzt überhaupt? Wollte sie jetzt nach Philipps Mörder suchen oder nach ihrem Rubin? Oder vielleicht doch nach ihrer Zofe. Jerome wusste wirklich nicht, was sie wollte. Dafür wusste er aber genau, was er nicht wollte.

»Ich denke, ich möchte auf keinen Fall noch einmal irgendwo einbrechen müssen«, lenkte er vorsichtig ein.

»Lasst das jetzt, Jerome. Wir müssen schon etwas mehr in dieser Sache tun, als uns hinknien und beten. Gott hilft nur denen, die sich selbst helfen. Außerdem sollt Ihr ja nicht einbrechen. Wie kommt Ihr nur auf so etwas? Ihr sollt lediglich nachsehen, ob etwas ist, wo es nicht hingehört. Und wenn es dort ist, wo es nicht hingehört, nehmt ihr es und bringt es auf seinen richtigen Platz. Was immer es ist. Das dürfe Euer Gewissen doch wohl nicht belasten, oder? Also, hört zu, was ich denke.« Damit setzte sie sich auf das Bett, ohne sich an Philipps Leiche zu stören, die noch immer so lag, wie sie sie vorgefunden hatten. Sie faltete die Hände im Schoß und streckte ihre kurzen, kräftigen Beine von sich.

»Zwischen diesem Mord hier, Mechthilds Verschwinden und dem Diebstahl der Geldkatze am Nachmittag gibt es einen direkten Zusammenhang. Dieser Diebstahl war geplant und ich glaube nicht, dass es Philipp war, auch wenn wir das Geld in seinem Hause gefunden haben.«

Hier musste Jerome widersprechen. »Niemand konnte wissen, dass Graf Arnold und Marquard von Winnimberch um Geld wetten würden. Es war, wie Ihr Euch erinnert, ein spontaner Entschluss«, warf er ein.

»Ich sagte ja auch nicht, dass dieser Diebstahl von langer Hand geplant war. Aber wir haben es hier mit einem Mörder zu tun, der eine neue Situation und die Vorteile, die er aus ihr ziehen kann, ganz schnell erfasst und nutzt. Seid auf der Hut, Jerome! Ich halte es für das Beste«, und damit wandte sie sich nach ihrem Neffen um, »wenn wir keinem gegenüber erwähnen, wie Philipp umgekommen ist. Dass man das Geld hier gefunden hat, engt den Kreis der Verdächtigen gewaltig ein.«

»Es muss jemand gewesen sein, der während des Tjostes zwischen Marquard und mir auf der Ehrentribüne war«, überlegte Arnold laut.

An den Fingern seiner riesigen Hand zählte Arnold die Personen ab, an die er sich erinnerte. »Da war außer Euch beiden noch Philipp, Jofried, Arnulph und seine Frau Binzela. Soweit ich mich erinnere, hatten alle anderen die Ehrenloge verlassen und sich unten an den Schragen aufgestellt, um besser sehen zu können.«

»Und der rothaarige Spielmann war dort«, erklärte seine Tante Ermentrude mit ungewohntem Nachdruck. Es war Jerome nicht ganz klar, warum sie die ganze Zeit auf diesem Spielmann herumhackte. Natürlich, auch ihm war dieser Kerl ein Dorn im Auge und seinesgleichen konnte man selbst nicht bei wohlwollendster Betrachtungsweise als ehrliche Haut bezeichnen. Aber dennoch: er war ein Fremder und er hätte niemals dieses Geld gestohlen, um es dann über Philipps Leichnam auszuschütten. Wenn er sich an dieser Geldkatze vergriffen hätte, hätte er sie mit sich genommen. Der Inhalt sicherte ihm eine ganze Weile ein gutes Auskommen. Alles andere hielt Jerome für unwahrscheinlich. Seine Vermutungen gingen in eine ganz andere Richtung. Gift war die Waffe der Frauen. Ein Mann hätte Philipp kurz und schmerzlos erschlagen oder ihm einen Dolch in die Brust gestoßen. Aber auf diese hinterlistige Weise töteten nur Frauen.

Arnold und Jerome legten Philipp jetzt so auf sein Bett, dass er einigermaßen ordentlich dort lag. Später würde man ihn in der Kapelle aufbahren, wo dann die Frauen Totenwache bei ihm halten konnten. Jerome fragte sich allerdings, ob er Philipp überhaupt mit allen Wohltaten der Kirche in geweihter Erde bestatten durfte. Selbst wenn klar war, dass er sich nicht selbst umgebracht hatte, so war doch gewiss, dass er vor seinem Tod weder gebeichtet noch die Sterbesakramente empfangen hatte. Galten für Mordopfer andere Regeln? Er würde sich bei seinem Bischof kundig machen müssen. Philipp war ein Schaf seiner Herde, wenn er ihn auch höchst selten bei der Messe gesehen hatte. Und seine seltenen Beichten waren entsetzlich uninteressant. Philipp war sich gar nicht bewusst, wie viele seiner Taten als Sünde zu bezeichnen waren. Er war so sehr von sich und seinem Tun überzeugt und hatte geglaubt, dass nichts, was er tat, jemals falsch sein konnte.

Durch Arnolds nicht gerade zarte Art, sie zu öffnen, war die Eingangstür schwer beschädigt worden. Arnold und Jerome verschlossen sie, so gut es noch ging. Die Pergamentrolle, die Jerome hätte verwahren sollen, blieb unbeachtet zurück.

Dame Ermentrude eilte schon voraus in den Rittersaal, wo noch immer eine aufgekratzte Stimmung herrschte.

Arnold verschaffte sich Gehör und erklärte kurz und bündig, Philipp von Itzbach sei tot und das Fest aus diesem Grunde jetzt zu Ende. Und da sein Burgmann nicht an Altersschwäche gestorben sei, sondern jemand anderes nachgeholfen habe, wünsche er, dass sich niemand aus der Burg entferne, bevor geklärt sei, wo sich ein jeder in den letzten zwei Stunden aufgehalten habe.

Er hätte sich denken können, dass die Mehrheit der Gäste über diese Art der Verdächtigung sehr erbost sein würde. Aber Arnold war nie sehr feinfühlig. Jerome wünschte, er hätte es ihm überlassen, diese schlechte Nachricht zu überbringen. Er hätte es gewiss mit sehr viel mehr Takt getan. So traf einige der Damen der Schock derart unvermittelt, dass sie ohnmächtig zu werden drohten. Zu guterletzt konnte aber fast jeder jedem ein sicheres Alibi geben, da die wenigsten seit Beginn des Banketts den Saal überhaupt verlassen hatten.

Jerome selbst konnte bezeugen, dass Binzela die ganze Zeit über an der Hohen Tafel gesessen hatte. Wie ärgerlich! Schon wieder hatte eine seiner Verdächtigen ein wasserfestes Alibi. Sie hätte eine ausgezeichnete Giftmörderin abgegeben. Wenn man in Betracht zog, was Ranulf über sie erzählt hatte... Aber leider hatte sie keine Gelegenheit dazu gehabt. Als Hauptperson dieses Festes hatte sie jeder im Auge gehabt. Nicht nur er selbst, sondern alle im Saal hatten beobachten können, wie sie sich Stunde um Stunde an Ranulfs zügellosen Liedern und schlüpfrigen Komplimenten erfreut hatte. Kaum ein Mann war im Saal, mit dem sie nicht getanzt hatte. Gewiss musste es sie ärgern, dass hier drinnen nur züchtige Schreittänze getanzt wurden. Jerome war sich ganz sicher, dass es ihr draußen besser gefallen hätte. Aber wie schamlos sie sich auch verhalten haben mochte, sie hatte den Saal zu keiner Zeit verlassen. So viel stand fest.

Hatte der Spielmann seinen leierlichen Gesang zwischendurch einmal unterbrochen, hatte jeder Binzela sehen können, wie sie Backwerk, Wein und Leckereien in sich hineinstopfte. Ihre ohnehin nicht gerade schlanke Figur würde eines Tages ganz aus dem Leim gehen. Erbost gedachte Jerome der verliebten Blicke, die Arnulph ihr immer wieder zugeworfen hatte. Der Kaplan wusste genau, was sein Zögling den ganzen Abend im Sinn hatte und stellte jetzt gehässig fest, dass die liebe Binzela heute gewiss nicht mehr für ein amouröses Abenteuer zu haben war. Vielleicht ließ sich ihr ja doch noch etwas anhängen. Immerhin war es möglich, dass sie sich mit ihrer aufdringlichen Art und ihrem aufreizenden Dekolletee absichtlich in den Vordergrund gespielt hatte, umso die Aufmerksamkeit auf sich und gleichzeitig von jemand anderem abzulenken. Natürlich! Ihr Vormund. Na, das passte ja hervorragend zusammen. Wo war Jofried überhaupt? Die ganze Burg stand inzwischen Kopf. Es konnte ihm auf keinen Fall verborgen geblieben sein, dass hier etwas Ungewöhnliches passiert war. Und er hatte Philipp ganz schön vermöbelt. Das sprach nicht unbedingt zu seinen Gunsten. Jerome teilte Dame Ermentrude seine Überlegungen mit.

Der Kaplan angelte in den weiten Ärmeln seiner Kutte und brachte ein wenig Honiggebäck zum Vorschein, das er sich vorhin beiseite genommen hatte, weil es einfach viel zu schnell aus den Schüsseln verschwunden war. Leider war es jetzt ein wenig unappetitlich geworden. Er hätte es besser verpacken sollen. Zuerst klebte es an der Kutte, dann an den Fingern und zu guterletzt an den Zähnen. Noch immer mit den klebrigen Backwerk kämpfend, unterbreitete er Dame Ermentrude das Resultat seiner Überlegungen.

»Hier geht ein Mörder um, da sind wir uns einig. Und es ist jemand, der mit ungeheurer Präzision zu Werke geht«, gab Ermentrude zu bedenken. »Hier steckt ohne Zweifel Leidenschaft dahinter. Aber Jofried kannte Philipp kaum. Wenn er auch ein eitler Geck ist, so glaube ich doch nicht, dass er derart hinterlistig töten würde. Sicher, er war außer sich heute Abend. Doch, dass er Philipp vor allen Leuten geschlagen hat, zeigt, dass er wenig heuchlerisch ist. Hätte er dieser Angelegenheit mehr Bedeutung beigemessen, hätte er Philipp den Fehdehandschuh hingeworfen. So aber hat er die Sache mit einem ordentlichen Kinnhaken bereinigt. Aber wir werden hören, was er dazu zu sagen hat.«

»Ja, so schätze ich ihn ebenfalls ein«, erklärte Arnold, wobei er laut schmatzend einen kräftigen Schluck aus seinem Zinnbecher nahm. Jerome hätte auch gerne etwas zu trinken gehabt, wagte es aber nicht, sich etwas aus einem der Krüge auf den Tischen zu nehmen, solange nicht geklärt war, wie das Gift Philipp verabreicht worden war. Unter den Gästen hatten sich einzelne Gruppen gebildet, deren jede eine andere Theorie über Philipps Ableben entwarf. Jerome schnappte hier und da ein paar Sätze auf. Eine zarter besaitete Seele als der Kaplan wäre bestürzt, wie wenig Mitleid die Einzelnen mit Philipp zeigten. Man war allgemein der Ansicht, dass er eines Tages so hatte enden müssen, gewissermaßen war es das Ergebnis seiner unzähligen Intrigen.

»Ich glaube, es ist das Beste, wenn wir jetzt alle zu Bett

gehen«, ließ Arnold sich vernehmen. »Heute können wir nicht mehr viel für Philipp tun. Wir werden morgen darüber reden.«

»Glaubt Ihr etwa, dass ich mit meiner Familie heute Nacht hier bleibe?« Es war Docelin von Rohlingen. »In einem Hause, in dem man seine Gäste nicht nur bestiehlt sondern auch noch erschlägt?«

»Aber er wurde gar nicht...«

»Wollt Ihr wohl schweigen, Jerome«, zischelte Ermentrude böse. Dann wandte sie ihr rundes, jetzt recht müde wirkendes Gesicht Docelin von Rohlingen zu.

»Wenn ihr mitten in der Nacht abreisen wollt, steht Euch das natürlich frei«, meinte sie spitz. »Wir wissen ja, wo wir Euch finden, sollte Eure Aussage von Bedeutung sein.«

Docelin von Rohlingen und seine Frau rauschten ohne ein weiteres Wort hinaus.

»Er war schon immer ein Großmaul und alles andere, als ein Held«, ließ sich Arnold schmatzend aus dem Hintergrund vernehmen.

Auch alle anderen Gäste verließen den Saal und mit ihnen Arnulph und Binzela, die jetzt ganz in den Hintergrund gedrängt worden waren. Eigentlich war es Brauch, dass Freunde, Verwandte und Musiker das Paar bis vors Brautgemach begleiteten und sie auch am nächsten Morgen wieder von dort abholten. Aber bei dieser Hochzeit lief nichts den Traditionen entsprechend.

Jerome haderte mit dem Schicksal. Es war alles so gut vorbereitet und dann passierte ein Missgeschick nach dem anderen. Warum hatte Arnold gerade jetzt das Wasserreservoir reparieren lassen müssen? Jahrelang hatte er sich nicht darum gekümmert. Hätte es jetzt nicht auch noch ein paar Tage verschoben werden können? Und überhaupt fragte sich Jerome, warum die Hochzeit hier auf der Siersburg hatte stattfinden müssen. Es war üblich, dass im Hause der Braut gefeiert wurde und diese dann mit ihrem neuen Gemahl zu dessen Behausung zog. Aber Arnulph hatte auf einer Feier in der Burg bestanden. Sicherlich war es Binzelas Idee. Hier war alles wesentlich repräsentativer als im Hause ihres Vormunds. Aber das hatte sie nun davon, spann der Kaplan übelgesinnt seine Gedanken weiter. Diese Feier konnte man unter die Rubrik »Reinfälle« einordnen. Trotz aller Kosten und aller guten Vorbereitungen.

Während sich die anderen Gäste eher still verzogen, ging Binzela natürlich nicht ohne großes Trara. Man könnte fast meinen, sie genieße den ganzen Aufruhr. Ein Mord, sicher eigens für ihre Feier inszeniert. Da musste man die Rolle der aufgelösten Braut auch formvollendet spielen. Jerome warf Ermentrude einen Blick zu und wusste, dass sie nicht viel anders dachte als er. Wie geschmacklos Binzela sich doch in Szene setzte. Laut jammernd und klagend hing sie mehr als sie ging zwischen Arnulph und dem Spielmann.

»Der Tod ist zu meiner Hochzeit gekommen«, klagte sie immer wieder. »Weh mir, weh mir!« Laut schluchzend und kreischend versuchte sie immer wieder auf die Knie zu sinken. Dabei raufte sie sich die Haare wie ein professionelles Klageweib. Die Schminke, die sie am Morgen aufgetragen hatte, lief ihr jetzt übers Gesicht und hinterließ hässliche Spuren. Ihr Hochzeitskleid schleifte über den Boden und wischte die verwelkten, zertrampelten Blüten mit sich fort. Binzelas Zofe würde viel Zeit aufwenden müssen, um die Flecken wieder zu entfernen. Als niemand mehr anwesend war, dem die unglückliche Braut mit ihrem Gehabe imponieren konnte, hängte sie sich wie ein nasser Sack in Arnulphs Arm und ließ sich von ihrem Mann und Ranulf ins Schlafgemach bugsieren. Jerome konnte seiner Missbilligung über Binzelas Auftritt gar keinen Ausdruck verleihen.

Auch Arnold war peinlich berührt. »Pah, törichte Weiber«, dröhnte er. »Dabei hat sie ihn doch kaum gekannt.«

Der Kaplan wollte ihm gerade beipflichten und sich ausgiebig über Binzelas Geschmacklosigkeiten auslassen, als Dame Ermentrude sie mit einer energischen Handbewegung schweigen hieß.

»Seid still, alle beide. Nehmt euren Verstand zusammen und hört mir zu. Ich sagte Euch heute Abend, dass ich einen gewissen Verdacht habe, wer für diese ganzen Dinge verantwortlich ist. Ich bin mir jetzt sicher. Es kommt nur diese eine Person in Frage. Ich hatte sie schon im Verdacht, als der Rubin verschwand. Nur Mechthilds Verschwinden passt nicht recht ins Bild. Ich kann mir nicht erklären, was sie damit zu tun hat. Es sei denn, sie hätte etwas gesehen, was uns anderen im Raum verborgen geblieben war.

»Weibliche Intuition, was? Aber ohne stichhaltige Beweise brauche ich dem Herzog nicht zu kommen«, stichelte der Graf.

»Die gilt es noch zu finden.«

Arnold nahm noch einen letzten Zug aus seinem Becher. Er lehnte sich gedankenverloren in seinem ledernen Faltstuhl zurück und streckte seine Füße an den Kamin. Plötzlich hob er mit einem Ruck den Kopf. Ihm war etwas eingefallen. Eigentlich eine Nichtigkeit, aber wenn man die Zusammenhänge betrachtete... Ja, es konnte gut sein.

»Ich glaube zu wissen, wo Mechthild ist«, sagte er unvermittelt. »Je länger ich darüber nachdenke, umso sicherer bin ich mir. Kommt! Und Ihr, Bruder, bewaffnet Euch mit einem Spaten. Wir suchen nach ihr.«

Jerome hielt diese Aussage für eine Folge des Weinkonsums. Seit wann brauchte man einen Spaten, wenn man sich auf die Suche nach einer entlaufenen Frau machte?

Im Burghof war es still geworden. Nur einige wenige Diener waren noch damit beschäftigt, die Überreste des Festes zu beseitigen, Tische und Bänke abzuschlagen und die Lagerfeuer zu löschen. Sie unterhielten sich nur gedämpft. An den Hauswänden flackerten noch einige Fackeln, um den Letzten heimzuleuchten.

Ermentrudes graues Seidenkleid raschelte über das Kopfsteinpflaster. Irgendwie war dieser Aufzug fehl am Platze für das, was die kleine Gruppe vorhatte. So kam es Jerome zumindest vor, als Arnold sie zuerst das innere, dann das äußere Burgtor passieren ließ. Die Wachen erkannten Arnold und stellten keine Fragen, wenn sie sich auch über das Trio wunderten, das zu so unüblicher Stunde die Burg verließ.

Die drei tasteten sich durch Dreck und Gestrüpp an der

Wehrmauer entlang bis zu dem Platz, den Arnold ihnen zeigte.

»Hier müsste es sein«, sagte er und kramte einen Feuerstein aus den Tiefen seiner Taschen hervor. Mühsam schlug er einen Funken und versuchte eine Fackel zu entzünden.

»Hättet Ihr das nicht gleich in der Halle tun können? Wir wären wesentlich ungefährdeter hierher gelangt«, nörgelte Jerome. Er hasste nächtliche Ausflüge und er hasste es, wenn man ihn über ein Vorhaben, bei dem er mitmachen sollte, im Ungewissen ließ.

»Es muss ja nicht jeder sehen, wo wir hingehen, oder?«

Statt weiterer Erklärungen betrachtete Arnold im Fackelschein den Boden. Er konnte mit Bestimmtheit sagen, dass hier erst kürzlich gegraben worden war. Der Boden war festgestampft und nur lose mit Gestrüpp bedeckt.

»Nun fangt schon an, Bruder!«

»Womit«, fragte Jerome und als er erkannte, was Arnold meinte, wurde er böse. »Oh, nein«, erklärte er kategorisch. »Für solche Arbeiten bin ich nicht geschaffen.«

»Aber gewiss doch, mein Lieber. Was habt Ihr geglaubt, was wir mit der Schaufel wollen? Ihr werdet erstaunt sein, was Ihr alles könnt, wenn Ihr es nur versucht. Und nun fangt schon an. Oder soll Tante Ermentrude vielleicht graben?«

Arnold wäre natürlich nie auf die Idee gekommen, selbst Hand anzulegen. Körperliche Arbeit war ihm verhasst. Also warf Jerome einen resignierten Blick zum Himmel und hoffte auf eine Gutschrift für sein späteres Leben im Paradies.

Der Boden war schwer und lehmig. Immer wieder stieß er mit seiner Schaufel auf größere und kleinere Steine, sodass die Arbeit nur sehr langsam von Statten ging. Seine Arme wurden mit jeder Schaufel Erdreich, die er aus der Grube hob, lahmer. Trotz der kühlen Nachtluft musste er sich immer wieder mit den Ärmeln seiner Kutte den Schweiß vom Gesicht wischen.

Erschöpft grub Jerome fast bis zum Morgengrauen, doch dann war es geschafft. Vor ihm lag ein kleiner, brauner Beutel aus Ziegenleder, oben mit einer Kordel fest verschnürt. Er war nicht besonders schwer und fühlte sich weich an. Ermentrude, die die ganze Nacht fröstelnd auf einem Baumstumpf gesessen hatte, riss den Beutel sofort an sich, nestelte an der Schnur und griff hinein, um ihn dann genauso blitzartig wie sie ihn genommen hatte, wieder von sich zu schleudern. Angeekelt wischte sie ihre Hände an dem teuren Seidenkleid ab. Jedoch nur, um den Beutel erneut wieder aufzunehmen und hineinzusehen. Auch Arnolds volle Aufmerksamkeit konzentrierte sich auf den Fund.

»Spannt mich nicht auf die Folter«, rief Jerome aus der Grube. »Was ist es?«

»Eine tote Katze«, rief Arnold ungläubig. »Dabei war ich mir so sicher. Dieser Mann, den ich hier graben sah... Ich hatte wirklich geglaubt...« Resigniert hab er beide Hände.

Alle drei konnten ihre Enttäuschung kaum verbergen. Am wenigsten Jerome, der die ganze Mühe gehabt hatte. Es war Ermentrude, die schließlich die entscheidende Frage stellte: »Warum um alles in der Welt gräbt man ein so breites und tiefes Loch für eine so kleine Katze?« Die Antwort darauf gab sie sich gleich selbst. »Als Ablenkungsmanöver natürlich, was sonst? Unser Mann musste damit gerechnet haben, dass man diese Stelle über kurz oder lang entdecken würde. Er musste damit rechnen, dass irgendwer nachsehen würde, was hier vergraben liegt. Und wenn der Neugierige etwas findet, irgendwas, dann gibt er sich zufrieden, nicht wahr, Jerome? Ihr würdet nicht mehr tiefer graben, weil ihr glaubt, alles gefunden zu haben, was es hier zu finden gibt. Aber dem ist nicht so. Steigt wieder in die Grube und grabt noch tiefer.«

Es war ganz selbstverständlich, dass Arnold ihn nicht ablöste. Einer musste ja schließlich die Fackel halten, die schon fast ganz heruntergebrannt war. Müde und erschöpft gab Jerome sein Letztes und schaufelte mit lahmen Armen Schaufel für Schaufel aus dem Loch. Er hatte nicht einmal einen Fuß tiefer gegraben, als er auf etwas Weiches stieß, das unter seiner Schaufel nachgab. Vorsichtig entfernte er die Erde. Es war Mechthilds Leiche!

Kapitel 11

Dame Ermentrude hatte keinen Schlaf mehr finden können. Sie war entsetzt und traurig über Mechthilds Tod. Bis zuletzt hatte sie gehofft, dass ihr nichts zugestoßen wäre, dass es eine ganz simple Erklärung geben könnte für ihr Verschwinden. Liebe, gute, treue Mechthild. Ermentrude blieb nur, ihren Mörder zu finden. Und sie kannte ihn. Je länger sie darüber nachdachte, umso klarer wurden die Zusammenhänge. Doch wie sollte sie vorgehen, um ihre Theorien zu beweisen? Matt und erschöpft saß sie auf der Fensterbank der Kemenate. Sie hatte einen der Fensterflügel weit geöffnet, um die klare, frische Morgenluft zu genießen. Besorgt betrachtete sie das hektische Treiben im Hof. Die meisten Gäste hatten es trotz allem vorgezogen, bis zum Morgen zu warten, statt den doch recht gefährlichen Abstieg den Siersberg hinunter in der Nacht zu wagen. Selbst Docelin von Rohlingen war geblieben, war aber ungebührlich früh aufgebrochen. Die meisten taten es ihm jetzt nach. Keiner von ihnen verspürte den Wunsch, länger zu bleiben als unbedingt nötig. Selbst das fahrende Volk und die Bauern warteten weder das kostenlose Frühstück noch die Morgenmesse ab. In aller Eile schlugen die Knappen die Zelte ihrer Herrschaft ab und beluden die Packpferde.

Unter den vielen Menschen im inneren Burghof machte Ermentrude den leuchtend roten Schopf des Spielmannes aus. Auch er trug bereits seine Reisekleidung. Er wirkte im fahlen Morgenlicht übernächtigt und ungepflegt. Sein Haar, heute weder geölt noch onduliert, hatte er zu einem nachlässigen Zopf zusammengebunden. Ermentrudes Blick heftete sich an ihm fest. Lästigerweise war es Jerome nicht gelungen, noch einmal Ranulfs Wagen zu durchsuchen. Gewiss hatte der Kaplan sich nicht die rechte Mühe gegeben. Sie musste den Rothaarigen aufhalten. Egal, wie. Behände sprang sie von der Fensterbank auf und eilte die schmale Wendeltreppe hinunter, so schnell es ihre Würde zuließ.

Im Nachhinein hatte sie das Gefühl, dass es vielleicht

besser gewesen wäre, Jerome und Arnold in der Nacht reinen Wein einzuschenken, was ihren Verdacht betraf. Stattdessen hatte sie zuerst Beweise erbringen wollen. Wozu eigentlich? Aber sie hatte nicht vorausgesehen, dass alle heute Morgen so eilig aufbrechen würden. Aber noch war es nicht zu spät.

Arnold hatte sich im Hof unter die Abreisenden gemischt. Irgendwer hatte schließlich die Pflicht, die Gäste gebührend zu verabschieden. Wenn schon nicht alle, so doch die Bedeutendsten unter ihnen, die Freunde und Nachbarn. Arnulph und Binzela machten sich rar an diesem Morgen. Gewiss zogen sie es vor, sich weitere Peinlichkeiten zu ersparen, indem sie in ihren Gemächern blieben, bis alle abgereist waren.

Als erstes musste Bruder Jerome her. Bevor der Spielmann abfuhr, musste er noch einmal in dessen Wagen und seine Habe durchsuchen. Dame Ermentrude musste wissen, ob sie recht hatte. Sie würde den Barden schon ablenken. Wie immer, wenn Eile geboten war, funktionierte Ermentrudes Organisationstalent reibungslos. Keuchend brachte sie die Treppe hinter sich und stieß nun die Eingangstür zum Pallas nach außen auf.

Jerome hatte auf der schmalen Außenstiege gestanden, ungeschickterweise genau vor der Tür und es grenzte an ein Wunder, dass er nicht hinunterstürzte, als die solide Eichentür ihn mit voller Wucht in den Rücken traf.

»Euch habe ich gesucht«, keuchte Dame Ermentrude, zerrte ihn ins Innere und warf die Tür wieder hinter ihm zu.

Eigentlich hatte Jerome vorgehabt, die Abreisenden von seinem etwas erhöhten Standpunkt auf der Stiege zu beobachten und gegebenenfalls mit seinem Segen zu beglücken, was ja auch seine Aufgabe war. Er wagte eine Andeutung in dieser Richtung, Ermentrudes heftig gerötetes Gesicht absichtlich ignorierend.

»Später, Jerome, später. Wir haben jetzt Wichtigeres zu tun«, entgegnete sie.

»Ich lache mich tot. Später wird niemand mehr hier sein, dem ich mit meinem Segen hilfreich zur Seite stehen könnte.«

»Eben«, meinte sie, »genau das trifft es auf den Punkt. Niemand wird mehr hier sein. Und jetzt hört zu und unterbrecht mich um Himmels Willen nicht. Fragt mich nicht nach Einzelheiten. Jetzt ist äußerste Eile geboten. Nun kommt schon! Ich möchte nicht, dass uns jemand belauscht.«

Ermentrudes Stimme klang leise und gehetzt. Die Aufregung und der ungewohnt eilige Abstieg aus der Kemenate hatten sie um den Atem gebracht. Nervös öffnete sie die Tür wieder einen Spalt breit und lugte vorsichtig hinaus. Das Objekt ihrer Begierde war noch zu sehen, was sie wieder ein wenig beruhigte.

»Geht zu Ranulf, dem Spielmann, und bittet ihn, in meine Kemenate zu kommen. Er wird gewiss kommen, wenn Ihr ihm sagt, ich hätte ein Empfehlungsschreiben für ihn, das ihm an den hiesigen Höfen Tür und Tor öffne. So hervorragend habe mir seine Darbietung gefallen, dass ich ihn allen weiterempfehlen möchte.«

Ja, diese Großzügigkeit zeichnete Ermentrude aus. Gewiss war es ihr Wunsch, dass dieser Kerl auch noch großzügig entlohnt werde. Dabei genoss dieser Spielmann nicht einmal die rechtliche Gleichstellung als Christenmensch und wurde nicht einmal zum Abendmahl zugelassen. Erstaunlich, mit welchen Menschen sich die Dame abgab.

»Ich kann nur hoffen, ihr lasst ihn ziehen und zieht es nicht in Betracht, Arnold zu überreden, dass er dieses freche Individuum fest in seine Dienste nimmt«, bemerkte Jerome spitz.

Ermentrude konnte nicht anders als laut aufstöhnen. Mit der flachen Hand schlug sie sich vor die Stirn.

»Jerome«, keuchte sie mit einem allerletzten Rest von Geduld. »Fragt jetzt nichts mehr. Schickt mir einfach den Spielmann herauf. Dann geht Ihr zu seinem Wagen. Sucht dort nach dem Gewand mit den vielen bunten Glasperlen, das er gestern Abend als erstes trug. Wisst Ihr, welches ich meine?«

Jerome nickte.

»Na hoffentlich. Wenn Ihr es gefunden habt, geht ohne Umwege zu Binzela und verlangt nach dem Parfüm, das der Spielmann ihr gegeben hat. Es war ein kleines, grünes Glasfläschlein. Bringt beides unverzüglich in meine Unterkunft. Ich werde Ranulf solange beschäftigen. Diesmal soll Euch niemand stören. Als letztes sucht Ihr Arnold. Ich sah ihn vorhin, er muss im Hof sein. Bittet Ihn, eine Eskorte mit in die Kemenate zu bringen. Und erledigt es schnell. Es ist dringend. Habt Ihr alles genau verstanden?«

Ohne seine Antwort abzuwarten, war sie wieder auf dem Weg nach oben und überließ Jerome seinem Schicksal. Er fragte sich, wie unauffällig es wohl sein konnte, wenn ein Mann im Priestergewand zwischen all den Menschen dort draußen in einen herrenlosen Wagen einstieg und dort in Dingen, die ihn nichts angingen, herumkramte. Aber wenn Ermentrude ja so sicher war, dass niemand sich etwas dabei denken oder ihn behelligen würde... Na gut. Blieb nur zu hoffen, dass niemand sich genötigt sah, Ranulfs Habe gegen Diebe zu verteidigen.

Wenn er fand, was Ermentrude wünschte, würde er den Wagen mit einem Narrenkostüm über dem Arm verlassen. Er wagte nicht an die Folgen zu denken. Auch wenn alle packten und mit sich selbst beschäftigt waren, würde man ihn wohl kaum übersehen. Ein Gottesmann, der ein Narrenkostüm stahl, dazu am helllichten Tage. Wenn man ihn für nichts schlimmeres als einen verkappten Lüstling hielt, kam er noch gut davon.

Trotz aller moralischer Bedenken tat er, wie ihm befohlen worden war. Widerstand gegen Dame Ermentrudes Wünsche war ohnedies sinnlos, selbst wenn sie in weniger aufgelöster Stimmung war als heute Morgen. Warum sollte der neue Tag besser werden als der gestrige. Aber wenn er zurück war, würde er auf einer Erklärung bestehen. Oder er würde keine Hand mehr für sie rühren. Er hatte sich in den letzten Tagen oft genug von ihr einspannen lassen, ohne richtig zu wissen, worum es überhaupt ging.

Er trat mit aller Würde, die er aufbringen konnte, auf das Pflaster des Hofes hinaus und suchte im Gedränge nach dem Spielmann. Als er ihn schließlich in der Nähe der Stallungen stellte, richtete er ihm Dame Ermentrudes besten

Wünsche aus und ihre Bitte, sie doch noch kurz zu besuchen, bevor er aufbrach, da sie ein Empfehlungsschreiben für ihn habe. Der kleine Spielmann schöpfte keinerlei Verdacht und ging, während Jerome sich so unauffällig wie möglich an dessen Wagen heranschob.

Als Ranulf mit beschwingten Schritten die Stiege zur Eingangstür des Pallas hinaufstieg, lupfte Jerome vorsichtig die Plane. Er wartete, bis Ranulf im Inneren des Turmes verschwunden war, dann machte er sich ans Werk. Allerdings nicht, ohne sich vorher noch einmal nach allen Seiten umzusehen. Doch alle schienen intensiv mit sich selbst und ihren Abreisevorbereitungen beschäftigt. Der Reliquienhändler, der den Platz neben Ranulfs Wagen in den letzten Tagen belegt hatte, war schon fort. Und auch das altersschwache Pferd des Spielmannes stand schon angeschirrt vor dem Wagen. Gemächlich kauend fraß es aus dem Futtersack, der ihm prall gefüllt um den Hals hing. Jerome durfte nicht zu lange zögern. Wer konnte sagen, wie lange Ermentrude im Stande war, den Spielmann aufzuhalten. Ein mutiger Satz, und er war im Inneren des Wagens.

»Oh, Ihr seid gekommen!« Dame Ermentrudes sonst eher burschikose Stimme war jetzt ein honigsüßes Flöten. Innerlich ein wenig nervös, nestelte sie an den unzähligen Kämmen und Spangen, die das störrische, graue Haar zusammenhielten. Sie fügte damit ihrer Frisur noch mehr Schaden zu.

»Natürlich bin ich sofort gekommen. Warum auch nicht?«, entgegnete Ranulf, der Spielmann aufgeräumt.

»Nun, ich sah, dass Ihr schon fort wolltet.« Ermentrude ließ sich auf der Fensterbank nieder, die sie fast ganz ausfüllte und versperrte so Ranulf jede Sicht in den Hof und die Vorburg und somit möglicherweise auf seinen Wagen.

»Es wundert mich doch etwas, dass Ihr gehen wolltet, ohne dass man Euch für Euere wundervolle Unterhaltung gestern Abend angemessen entlohnt hat«, fuhr sie fort. »Ihr seid fürwahr der erste Spielmann, der für Gotteslohn spielt.«

Ranulf lächelte noch immer arglos.

»Und nun wollt Ihr mir ein Empfehlungsschreiben mitgeben, wie ich höre. Madame ist wirklich zu großzügig. Aber ich muss sogleich fort. Ich habe bereits neue Verabredungen getroffen.«

Er streckte Ermentrude fordernd die Hand entgegen. »Gebt es mir, und ich werde gehen. Ihr schuldet mir nichts«, fügte er großmütig hinzu.

»Oha, tatsächlich jemand, der nicht um des schnöden Geldes Willen spielt. Ihr seid so anders als die anderen Eurer Zunft, die ich das Vergnügen hatte, in meinem Leben kennen zu lernen. Oder täusche ich mich in Euch? Habt Ihr Euch vielleicht schon selbst reichlich belohnt?«

Ermentrude beugte sich so weit nach vorne, wie es ihr imposanter Busen zuließ und sah Ranulf in die wässrig blauen Augen. »Möglicherweise mit meinem Rubin«, stieß sie unvermittelt scharf hervor. Schien er Euch als Bezahlung angemessen? Aber dieser Stein ist nicht alles, was Euch so schnell von hier forttreibt, nicht wahr? Ihr habt Eure unsterbliche Seele mit zwei Morden besudelt, habe ich recht? Und Ihr ward auch derjenige, der die Geldkatze beim Turnier genommen hat!« Ermentrude schleuderte dem völlig perplexen Spielmann diese Worte unvermittelt ins Gesicht. Sie hatte ihn eigentlich nur aufhalten wollen, damit Jerome Zeit fand, seinen Wagen zu durchsuchen. Aber dann hatte sie im entscheidenden Moment die Beherrschung verloren.

»Warum?«, brüllte sie jetzt. »Sagt es mir! Warum habt Ihr nicht das Geld und den Schmuck genommen und seid verschwunden, wie jeder andere Eurer Zunft es getan hätte? Wer seid Ihr? Wenn Ihr das Geld genommen hättet, Ihr hättet damit bis ans Ende Eurer Tage anständig leben können. Warum habt Ihr Philipp ermordet und das Geld über ihm ausgeschüttet, die Früchte Eures gelungenen Diebstahls wieder fortgeworfen? Und Mechthild? Was hatte sie Euch getan? Eine anständige Frau, die noch nie in ihrem Leben irgendeinem etwas zu Leide getan hat.« Ermentrude war außer sich vor Wut. Mit jedem ihrer Worte steigerte sie sich mehr hinein. Rinnsale von Schweiß liefen über ihr zornrotes Gesicht, den Hals hinunter und auf die Brust, die sich wütend hob und senkte. Ihre kleinen, kräftigen Hände mit den wertvollen Ringen hatte sie zu Fäusten geballt und alles an ihr schrie nach Rache. Rache vor allem für Mechthild.

»Sie war nicht nur meine Zofe«, zischte Ermentrude den Spielmann bösartig an. »Sie war auch meine Gesellschafterin, meine Freundin, meine Vertraute. Und allein um ihretwillen werdet Ihr nicht ungeschoren davonkommen. Ich werde Euch hängen sehen, und wenn es das Letzte ist, was ich tue. Ich werde dafür sorgen, dass man Euch aufhängt und dass niemand Euch beerdigt. Mögen die Raben Euch die Augen aushacken und Eure Eingeweide in der Sonne dörren.«

Ranulf hatte sich die Anschuldigungen ruhig angehört und begann ob Ermentrudes Wutausbruch spöttisch zu lachen. Laut und schallend lachte er, bis ihm die Tränen übers Gesicht liefen. Unvermittelt brach sein Gelächter ab und sein ohnehin wenig einnehmendes Gesicht verzog sich zu einer höhnischen, abstoßenden Grimasse.

»Was Ihr nicht sagt? Und wisst Ihr was?« Ranulf senkte seine Stimme zu einem fast verschwörerischen Flüsterton. »Ihr könntet Recht haben. Aber könnt Ihr es beweisen?« Die Antwort darauf gab er sich gleich selbst. Diesmal lauter und mit vor Hohn triefender Stimme. »Nein! Ihr seid bloß eine törichte Alte, die sich Märchen zusammenreimt. Und wisst Ihr, was Ihr noch seid? Mein Alibi!« Und wieder begann der Spielmann lauthals zu lachen. So als hätte er einen besonders guten Witz gemacht.

Ranulf schleuderte seinen Hut von sich, den er bis jetzt geradezu höflich in der Hand gehalten hatte und warf sich auf das breite Bett zwischen Ermentrudes seidene, bestickte Kissen. Noch immer lachte er.

Mit allem, aber mit dieser Situation hatte Ermentrude nicht gerechnet. Erbost darüber, dass er sich derart über sie lustig machte, stemmte sie die Arme in ihre breiten Hüften. »Ihr seid wohl nicht ganz bei Trost! Ich bezichtige Euch des Diebstahls und des zweifachen Mordes und ihr lacht mir ins Gesicht? Woher nehmt Ihr diese Dreistigkeit?«

»Aber, aber, Madame! Seht Ihr nicht, welchen Unsinn ihr

doch redet? War ich nicht gestern den ganzen langweiligen Tag in Eurer Nähe? Habe ich nicht während des Turniers hinter Euch gestanden? Habe ich Euch nicht während des ganzen öden Banketts mit meinem Gesang erfreut? Ich hielt mich die ganze Zeit in Eurer Nähe auf. Wie könntet Ihr etwas anderes sagen, falls Euch jemand danach fragt? Und Philipp? Wie Ihr sehr gut wisst, hatte er einen Platz ein gutes Stück von dem Euren weg. Wie hätte ich ihn vergiften können? Ich konnte nicht einmal wissen, dass er dort sitzen würde, denn der Platz war nicht für ihn vorgesehen. Glaubt Ihr, ich renne immer mit einer kleinen Phiole Gift in der Tasche herum, so für alle Fälle? Und Eure, ach so geliebte Mechthild, ich kannte sie gar nicht. Habe sie nie vorher gesehen. Darüber hinaus pflege ich nicht mit den Zofen zu verkehren, sondern mit deren Herrschaft. Und schon gar nicht mit derart alten und hässlichen!«

Ranulf war vom Bett aufgesprungen, angelte schwungvoll nach seinem Hut und machte eine spöttische, schwungvolle Verbeugung vor Dame Ermentrude. Brüsk wandte er sich ab und ging auf die Tür zu. Ein einziger weiterer Satz Ermentrudes erschütterte sein Selbstvertrauen dann aber derart, dass er mitten im Schritt innehielt.

»Woher wisst Ihr, dass Philipp von Itzbach an Gift starb?«, fragte sie leise und gefährlich. Verdammt, dachte der Spielmann. Er hatte sich selbst verraten. Und das, nachdem alles so perfekt geklappt hatte. Ganz langsam drehte er Dame Ermentrude sein Gesicht zu und starrte sie hasserfüllt an.

»Nur Arnold, Bruder Jerome und ich wussten, dass Philipp vergiftet worden war. Wir haben sorgfältig darauf geachtet, dass niemand erfuhr, wie er gestorben ist.« Irgendwie brachte die Dame es fertig ihrer Stimme trotz ihrer Angst einen sicheren und festen Klang zu geben. Innerlich wappnete sie sich gegen einen Angriff des Spielmannes. Er war wohl nur ein kleiner, schmächtiger Mann, aber Ermentrude wusste nur zu gut, dass sie ebenfalls keine zwanzig mehr war. Im Stillen gelobte sie, Bruder Jerome nie wieder Vorschriften zu machen, wenn er jetzt bloß käme. Und Arnold? Jerome musste ihm doch längst ausgerichtet haben, dass sie ihn erwartete. Sie müssten längst hier sein. Aber Dame Ermentrude hoffte umsonst. Keiner kam.

Schon streckte der Mörder seine dünnen Spinnenfinger nach ihr aus und Ermentrude musste erkennen, dass sie einen Schritt zu weit gegangen war. Warum hatte sie nicht Arnold und Jerome gestern Nacht reinen Wein eingeschenkt? Ihr Neffe hätte den Spielmann hinter Schloss und Riegel gesetzt und dann hätte man immer noch ungeniert nach Beweisen suchen können. Hätte sie Unrecht gehabt, hätte man ihn halt wieder laufen lassen. Gegenüber einem Mann seines Standes hätte man sich dann nicht einmal entschuldigen müssen.

Ermentrude verfluchte sich selbst dafür, dass sie immer alles alleine tun wollte. Möglicherweise hegten die beiden nicht einmal einen Verdacht gegen den Spielmann. Jerome hatte nicht einmal gefragt, warum er in dessen Wagen einbrechen und sein Kostüm stehlen sollte. Wenn dieser Kaplan doch nicht derart blauäugig wäre, dann hätte er Fragen gestellt. Aber Ermentrude wusste im gleichen Moment, dass sie sie nicht beantwortet hätte.

Eiskalt traf sie die Erkenntnis, dass sie Mordopfer Nummer drei werden würde, während dutzende von Menschen unten im Hof waren. Dieser Mann, so klein und elend er auch sein mochte, hatte allein in den letzten beiden Tagen zweimal gemordet. Und wenn er dafür nicht hängen wollte, musste er die einzige Zeugin ebenfalls beseitigen. Er würde dann ungeniert den Wohnturm verlassen, über den Hof gehen, möglicherweise noch Arnold grüßen und dann mit seinem Wagen auf Nimmerwiedersehen verschwinden. Wer weiß, wie lange es dauerte, bis jemand sie vermisste und sie dann tot in der Kemenate fand.

Vor unbändiger Angst schlugen ihre Zähne klappernd aufeinander und ihr Magen fühlte sich an, wie ein riesiges, schwarzes Loch. Sie musste ihn aufhalten, Zeit gewinnen.

Durch ihre Platzwahl in der Nische hatte sie sich selbst in die Falle manövriert. Und während sich die dürren, aber stahlharten Finger des Spielmannes um ihren Hals legten, sandte sie - vielleicht zum ersten Mal in ihrem Leben - ein wirklich ernst gemeintes Stoßgebet gen Himmel. In diesem Moment klopfte es an die Tür.

Kapitel 12

Jerome stand unschlüssig vor der verschlossenen Tür der Kemenate. Niemand forderte ihn auf sein Klopfen hin auf, einzutreten. Er hatte gefunden, was Dame Ermentrude erwartet hatte, doch jetzt schien sie nicht hier zu sein. Hinter ihm kam Arnold mit zwei Bewaffneten im Schlepptau die steinerne Wendeltreppe hinaufgepoltert.

»Ich glaube, Eure Tante ist gar nicht hier.« Jerome war etwas ungehalten. Zuerst tat sie so dringend und dann ging sie fort, ohne auf ihn zu warten. Wie sie ihm aufgetragen hatte, war er in den Wagen des Spielmannes geklettert, seine Angst und sein schlechtes Gewissen ignorierend, und hatte nach kurzer Suche das Kostüm, das sie haben wollte, gefunden. Es lag zwischen allerlei Plunder und Lumpen zuunterst in einer Truhe. Jerome hatte es genommen und unter seiner Kutte verborgen, für den Fall, dass Madame den Spielmann doch nicht lange genug würde aufhalten können. Zu seiner größten Überraschung hatte er noch einen weiteren Fund gemacht. Wohl verborgen zwischen altem Kram lag die Pergamentrolle, die Jerome gestern in Philipps Haus gefunden und dann unachtsamerweise liegen gelassen hatte. Auch sie nahm er an sich. Sie gehörte Ranulf nicht. Und wenn sie in die falschen Hände geriet... Nicht auszudenken.

Unbemerkt hatte er den Wagen wieder verlassen. Als nächstes war er in Arnulphs Gemächer geeilt, um den Parfümflacon von Binzela zu erbitten. Binzela lag leidend in ihrem Bett, umsorgt von Dienerinnen und natürlich von Arnulph, der wegen der Unpässlichkeit seiner Frau selbst etwas leidend wirkte. Jerome trug seine Bitte vor, worauf Binzela erschöpft hauchte, die Zofe möge in ihrem Gürteltäschchen nachsehen. Jerome bekam, was er wünschte, ohne dass jemand Fragen stellte und verschwand so schnell er konnte, bevor er noch in Versuchung kam, der jungen Dame die letzte Ölung zu erteilen. Bei seiner Rückkehr zum Pallas stellte er Arnold, der inzwischen die letzten wichtigen Gäste verabschiedet hatte und richtete ihm Ermentrudes Aufträge aus.

Arnold begriff schneller, als sein Kaplan. Eilig rief er zwei seiner Wachen herbei und folgte Jerome auf dem Fuße. Anders als der arglose Priester, deutete er die Stille hinter der Tür zur Kemenate richtig. Ohne ein Wort schob er seinen Kaplan beiseite und stürmte in den Raum. Mit einem einzigen Blick hatte er die Lage erfasst.

Seine Tante Ermentrude lag mit vor Entsetzen weit aufgerissenen Augen in der Fensternische und der Spielmann über ihr, die Hände fest um ihren Hals gekrallt, beide Daumen auf ihrem Kehlkopf. Allein Ermentrudes heftiger Gegenwehr war es zu verdanken, dass er sein Ziel nicht erreicht hatte.

Wie vom Donner gerührt fuhr der Rothaarige herum. Jerome hatte selten einen solch gehetzten Ausdruck im Gesicht eines Menschen gesehen. Der Spielmann saß in der Falle. In genau diesem Moment musste ihm bewusst geworden sein, dass er dieses Spiel unweigerlich verloren hatte. Arnold und seine beiden Bewaffneten versperrten die Tür und auch das Fenster bot keine Fluchtmöglichkeit, weil die arme Dame Ermentrude einer Ohnmacht nahe, spuckend und würgend, auf die gepolsterte Fensterbank gesunken war, wo sie mit ihren üppigen Formen die ganze Fensteröffnung ausfüllte. Ranulf wusste, dass es zu Ende war. Seine Angst wich einem spöttischen Ausdruck.

»Und was jetzt«, fragte er aufsässig.

»Und jetzt, mein Lieber, werden wir uns unterhalten«, ließ Arnold ihn wissen. Einen der Bewaffneten postierte er an der Tür, den anderen beim Fenster, wo Jerome sich bemühte, Ermentrude in eine halbwegs schickliche Lage zu bringen.

»Ich habe zu dieser Unterhaltung nichts beizutragen«, erklärte der Barde spitz.

»Aber ich umso mehr«, krächzte die lädierte Ermentrude mit wundem Hals und befreite sich energisch aus Jeromes helfenden Händen. »Lasst das Herumgezerre und gebt mir das Narrengewand!«

Jerome hatte es im Tumult achtlos auf das mit Leinen bezogene Bett geworfen. Auch das Fläschchen, das Binzela ihm ausgehändigt hatte, lag jetzt dort auf der Daunendecke.

Er sammelte alles ein und überreichte es Ermentrude. Aus den Augenwinkeln konnte Jerome sehen, wie es im Gesicht des Spielmanns zuckte. Wohl wusste er noch immer nicht so recht, was Ermentrude mit dem Gewand beweisen wollte, aber nach der Reaktion des Spielmannes zu urteilen, musste es mit diesem Kleidungsstück etwas ganz bestimmtes auf sich haben. Doch was?

»Wie kommt Ihr dazu, mein Eigentum an Euch zu nehmen«, schrie der Spielmann wütend und Jerome drohte vor Scham im Boden zu versinken.

»Was denn«, fragte Ermentrude ruhig. »Habt Ihr etwas zu verbergen? Wenn nicht, kann ich es mir doch ruhig einmal ansehen. Ihr habt doch gewiss nichts dagegen?«

Die Finger der Dame glitten über die bunten Steine, die das Kostüm zierten. Gelbe, rote und blaue Steine aus Glas, dazwischen unechte Perlen und bunte Bänder waren in wildem Durcheinander auf scharlachroten Stoff genäht. Ein Aufschrei Ermentrudes verkündete, dass sie gefunden hatte, wonach sie suchte.

»Da ist er«, rief sie triumphierend und hielt den herrlich geschliffenen Rubin in die Höhe. Blutrot strahlte er im Morgenlicht, das hinter ihm durchs Fenster fiel. Zielsicher hatte Ermentrude ihr Schmuckstück unter den vielen Glassteinen ausgemacht.

»Ihr ward wohl sehr sicher, dass niemand ihn dort suchen würde, was Barde?«, fragte Arnold von der Tür her. »Ein Stein unter vielen.« Heimlich zollte er seiner Tante Bewunderung. Die küsste jetzt voller Inbrunst den Stein und versenkte ihn in den Tiefen ihres Ausschnittes. Hier war er sicher, wie in Abrahams Schoß.

»Und nun zu der Phiole«, wechselte sie das Thema. »Ich bin mir sicher, sie enthält kein französisches Parfüm, wie ihr uns gestern glauben machen wolltet. Ihr Inhalt ist ein hochwirksames Pflanzengift. Eisenhut, wenn ich nicht irre?

Das Gift, an dem Philipp von Itzbach gestorben ist. Aber das brauche ich Euch ja nicht zu sagen. Ihr wisst es besser, als ich.«

Der Spielmann presste so fest die Lippen aufeinander, dass sein hässlicher Schnurrbart sich sträubte. Er sagte kein Wort. Also fuhr Ermentrude fort:

»Ich habe Euch hier aus diesem Fenster beobachtet, als Ihr es an Euch gebracht habt. Ich sah Euch klammheimlich aus der Waffenkammer schleichen, gerade als Wachablösung war. Keiner der Soldaten war zu diesem Zeitpunkt dort. Ich wunderte mich zwar über die Heimlichkeit, mit der Ihr vorgingt, dachte mir zu diesem Zeitpunkt allerdings noch nichts dabei. Ich bin mir ziemlich sicher, wenn der Waffenmeister den Bestand seines Pfeilgiftes überprüft, wird genau dies hier fehlen.« Dabei fuchtelte sie wild mit dem Fläschchen, das Binzela Jerome gegeben hatte, in der Luft herum.

Mit einem Mal fiel es dem Kaplan wie Schuppen von den Augen. Natürlich! Dieser Spielmann hatte den Mord an Philipp geplant. Und Binzela hatte er als Sündenbock ausersehen. Von Anfang an. Wenn er es sich recht überlegte, waren alle Anschuldigungen gegen Binzela nur von diesem Mann gekommen. Wohl hatte jeder die ganze Zeit gewusst, dass ihre Eltern und die Brüder sehr plötzlich verstorben waren, doch dass sie einem Mord zum Opfer gefallen sein sollten, diese Aussage kam nur von Ranulf. Er hatte die Zweifel ausgestreut. Und bei dem Bankett gestern Abend war es ebenfalls der Spielmann, der Binzela dieses Fläschchen gegeben hatte. Angeblich französisches Parfüm, in Wahrheit hochwirksames Gift. Wenn man dieses Fläschchen nach Philipps Tod bei Binzela gefunden hätte, vielleicht nach einer kleinen Andeutung von Seiten des Spielmannes, hätte jeder sie für die Mörderin gehalten. Und Ranulf wäre dann längst über alle Berge. Ein Spielmann unter vielen. Wer hätte sich überhaupt noch an ihn erinnert?

Jerome unterbrach seine Gedanken und hörte zu, was Ermentrude weiter zu sagen hatte.

»Einen Teil dieses Giftes habt Ihr benutzt, um Philipp zu vergiften. Ich wusste lange nicht, wie es bewerkstelligt wurde. Aber dann kam mir ein Verdacht. Ihr habt das Gift nicht ins Essen getan. Es hätte nicht so schnell wirken können. Ihr habt den Handschuh damit präpariert. Und zwar in dem Moment, als Ihr die Blumen daraus hervorgezaubert habt. Ich bin mir sicher, dass es niemand gesehen hat, obwohl alle Euch in diesem Moment beobachteten. Aber dies ist keine Kunst für einen, der sich auf diese Art der Illusion so gut versteht wie Ihr. Die Prügelei zwischen Jofried und Philipp muss Euch doch sehr gelegen gekommen sein. Ohne diese Schlägerei hätte sich Philipp die Schrammen an der Hand nicht zugezogen. Dies gab Euch doch erst die Möglichkeit, den Mord auf diese Art zu begehen. Ihr denkt und handelt äußerst schnell. Wenn Ihr Eure Gaben für andere Dinge nutzen würdet, würde ich Euch geradezu bewundern.« Dame Ermentrude hatte sich erhoben und trat jetzt ganz dicht an den Spielmann heran. »Es war ganz einfach, nicht wahr? Ihr schüttetet einen Teil des Giftes in den Handschuh und als Philipp ihn anzieht, dringt das Gift durch seine Wunde in den Körper. Es dauert nicht lange, bis sich die ersten Anzeichen bemerkbar machen. Einer der Feiernden draußen im Hof sagte uns, dass Philipp schon kräftig schwankte, als er über den Hof zu seinem Haus ging. Da hätte ich schon darauf kommen können. Eisenhut wirkt schnell und sicher. Den Rest habt Ihr Binzela gegeben, um sie in Verdacht zu bringen. Auch Jofried, der den Streit mit Philipp angefangen hat, hätte einen guten Verdächtigen abgegeben. Er fängt einen Streit mit dem Opfer an, verlässt kurz nach ihm den Saal und dann ist sein Gegner tot. Ganz einfach. Oder hattet ihr es darauf angelegt, dass man denken solle, Philipp habe sich selbst gerichtet? Vielleicht aus Scham, weil er das Geld beim Turnier gestohlen hatte? Habt Ihr deshalb die Münzen um ihn herum ausgeschüttet? War es so?«

Der Spielmann stand noch immer mit verschränkten Armen trotzig in der Mitte des Zimmers und starrte zu Boden.

»Warum, Ranulf, warum habt Ihr Philipp getötet? Und Mechthild? Warum habt Ihr meine Zofe wie ein Stück Vieh an der Burgmauer verscharrt?« Dame Ermentrude geriet wieder in Wut. Vor allem, weil der Spielmann nicht antwortete. Er stimmte ihr nicht zu und er widersprach auch nicht.

»Warum?«, brüllte sie. »Redet endlich! Ihr habt doch keinen von beiden gekannt!«

»Ich glaube doch«, meldete Arnold sich unvermittelt zu Wort. »Je länger ich mir diesen Mann betrachte, umso gewisser glaube ich ihn zu kennen. Euer Name ist nicht Ranulf, nicht wahr? Euer richtiger Name ist Dietrich, Dietrich von Itzbach. So genannt nach Eurem Vater, Philipp von Itzbach.«

Im Raum war es jetzt ganz still. Jerome konnte hören, wie der Spielmann die Luft einsog.

»Dietrich von Itzbach?« Ermentrude schaute ihn an. »Wenn das stimmt, erklärt es einiges. Ich kenne Eure Geschichte. Euer Vater hat Euch damals davon gejagt. War dieser Mord an ihm eine Art später Rache. Ich kannte Philipp! Fast hege ich so etwas wie Verständnis für diese Tat. Aber Mechthild? Warum musste sie sterben? Hat sie Euch erwischt, als Ihr meinen Schmuck genommen habt?«

Jerome stand nur sprachlos dabei. Immer weiter zogen Arnold und Ermentrude den Schleier beiseite und er erkannte Stück für Stück den wahren Sachverhalt. Es mussten an die zwanzig Jahre vergangen sein. Etwa um die Zeit, als Philipps Frau mit einem anderen durchbrannte, hatte Philipp seinen Sohn aus dem Hause gejagt. Der Junge hatte behauptet, sein Vater habe die Mutter erschlagen. Und nun war dieser Sohn zurückgekommen, um sich zu rächen. *Sünden werfen lange Schatten,* dachte Jerome. *Mitunter kann Hass stärker werden und jeder Tag nährt ihn und macht ihn größer, bis er schließlich alles Denken und Handeln ausfüllt.*

Unvermittelt begann der Spielmann zu reden. Er spuckte seine Worte nur so hervor, voller Hass und Abscheu gegen diese Welt, gegen die Menschen, die in ihr lebten und vor allem gegen all die Regeln, die sie aufgestellt hatten, um alles in Richtig und Falsch aufzuteilen. Hatte sein Vater sich ihm gegenüber nicht viel mehr versündigt, als er gegen seinen Vater? Hatte Philipp ihm die Mutter nehmen dürfen, ihn vertreiben dürfen? Hatte er ihm die Heimat nehmen dürfen?

»Ja, ich habe sie beide getötet«, sagte er jetzt. »Philipp von Itzbach, der mein Vater war, wie Ihr richtig vermutet. Und auch Mechthild. Aber nicht, weil die dumme Gans mich etwa beim Stehlen erwischt hat. Dafür war sie viel zu töricht. Leider war sie nicht zu blöde, um mich nach all den Jahren wieder zu erkennen. Damals, vor fast zwanzig Jahren lebte sie hier auf der Burg. Sie hat mich abgepasst, wollte wissen, was ich hier wollte, was ich vorhätte. Ich habe es ihr gesagt. Und dann habe ich ihr die Hände um den Hals gelegt - er war übrigens um einiges schlanker als der eure, Madame - und habe zugedrückt. Pech für sie.«

»Wusstet Ihr, Spielmann, dass sie Euch geliebt hat? Als junges Mädchen schon? Dass sie nie einen anderen Mann nahm«, fragte Ermentrude traurig.

»Wen kümmert's?« Der Spielmann spuckte auf den Boden und fuhr unbeeindruckt von Dame Ermentrudes Worten fort. »Sie wäre zu Philipp gerannt und hätte ihm gesagt, wer ich bin. Damit hätte sie mir alles vermasselt.«

»Da irrt Ihr Euch. Sie ist mit Philipp zusammengetroffen. Ganz offensichtlich hat sie aber nichts von Euch gesagt. Er hätte ein Riesentheater veranstaltet.«

»Natürlich! Und genau das konnte ich nicht zulassen. Er selbst hatte mich nicht erkannt. Dieses arrogante Schwein. Natürlich sieht man einen Spielmann nicht so genau an.« Er drehte sich um und starrte Arnold in die Augen. »Könnt Ihr Euch das vorstellen? Hat seinen eigenen Sohn nicht erkannt. Im Gegenteil. Er hat sogar mit mir gemeinsame Sache gemacht.« Seine Enttäuschung verschwand so schnell wie sie gekommen war. Er grinste Arnold frech an.

»Es war nicht einmal meine eigene Idee herzukommen. Und ich hatte schon gar nicht geplant, ihn zu töten. Ich bin wegen etwas ganz Anderem hier.«

»Tatsächlich? Erzählt!«

»Vor ein paar Wochen, als ich in Trier in einigen vornehmen Häusern spielte, sprach mich ein Mann an. Er gehörte zu Arnold von Isenburg, dem neuen Erzbischof von Trier. Ihr kennt ihn. Er hatte, wie man mir sagte eine kleine Meinungsverschiedenheit mit eurem Herzog. Ganz nebenbei gefragt: Ward ihr nicht erstaunt, wie schnell der Erzbischof sich zufrieden gab mit eurem Angebot? Glaubtet ihr wirklich, es sei so einfach? Der gute Mann hat ganz andere Pläne, um Euren Herzog in die Knie zu zwingen. Er will die Siersburg angreifen, einnehmen und so Herzog Mathäus zur Wiedergutmachung für einiges zwingen, was der sich bei Arnolds Wahl geleistet hat.«

Nein, Ranulf brauchte Arnold nichts darüber zu erzählen. Herzog Mathäus' Favorit bei der Wahl zum Erzbischof, Rudolf von der Brücken, hatte diese Wahl zwar offiziell für sich entschieden. König Konrad hatte ihm sogar die Regalien verliehen und selbst Kaiser Friedrich II hatte diese Wahl befürwortet, weil er Arnold von Isenburg nach einigen unüberlegten Äußerungen zu seiner Person offiziell zum Staufferfeind erklärt hatte. Allerdings hatte der Verlierer sich nicht zufrieden gegeben und das gesamte Domkapitel aufgewiegelt. Als die Zwistigkeiten immer mehr um sich gegriffen hatten, hatte Herzog Mathäus ein Heer zusammengestellt und im Trierer Land für Ordnung gesorgt.

Bei dieser Aktion hatte Arnold von Isenburg nicht nur materielle Dinge eingebüßt. Er war gezwungen, klammheimlich und in Frauenkleidern durch die feindlichen Linien zu fliehen um zumindest sein nacktes Leben zu retten. Das würde er dem Herzog so schnell nicht vergessen. Auch, wenn dieser kurz vor Weihnachten einer Einigung zu Arnolds Gunsten zugestimmt hatte, war dies noch lange nicht das Ende dieses Machtkampfes.

»Um Eure Burg anzugreifen brauchte er genaue Pläne über eure Befestigungsanlagen, Art und Menge eurer Bewaffnung, die Anzahl der Soldaten in der Burg. Kurz: alles, was man so für einen effektiven Überfall braucht. Und um diese Informationen zu besorgen, schickte er mich. Und ich musste mich nicht einmal selber bemühen. Euer treuer Burgmann Philipp erzählte mir für ein paar Metzer Denare alles, was ich wissen musste. Er schrieb es sogar für mich auf. Damit ich nichts vergesse. Er war sehr bemüht mir zu Diensten zu sein. Wie bei jedem, der ihm mit einem Beutel Geld winkte.«

Arnold war entsetzt über diesen Verrat. Die Pergamentrolle! Sie war also für den Spielmann bestimmt. Und der hätte sie zum Erzbischof von Trier gebracht, der mit diesem Wissen die Siersburg angreifen und den Herzog in die Knie hätte zwingen können.

»Jerome«, donnerte Arnold. »Ihr habt dieses verdammte Pergament doch in Sicherheit gebracht, oder?«

»Ja«, erwiderte der Kaplan. »Ich trage es hier bei mir.« Vielleicht musste man ja nicht sagen, dass es in der Zwischenzeit schon im Wagen des Spielmannes gewesen war. Der Rothaarige schaute den Kaplan frech an.

»Was habt Ihr noch alles aus meinem Wagen genommen? Ihr stehlt wie eine Elster, Bruder.«

»Ich habe nichts genommen, was Euch gehört«, erwiderte Jerome empört.

»Dann habt Ihr Philipp getötet, damit er Euch nicht verrät«, fragte Ermentrude.

»Dafür und für vieles andere mehr«, erwiderte der Spielmann.

Ranulf lachte wieder sein abstoßendes Lachen.

»Wisst Ihr, dass Euer Neffe hier mir quasi dabei zugesehen habt, wie ich Eure Zofe Mechthild verscharrt habe?« Wieder kicherte Ranulf, als habe er einen guten Witz gemacht. Mehr und mehr steigerte er sich jetzt in seine Rede, wie ein Schauspieler auf der Bühne.

»Ich konnte sie nicht gebrauchen. Zu viel stand auf dem Spiel. Gott hat mir einen Fingerzeig gegeben. Ich musste meinen Vater töten. Und Mechthild war mir dabei im Weg. Sie hatte kein Verständnis für meine Pläne.« Er schüttelte den Kopf.

Offen gestanden war Jerome ein wenig perplex zu hören, dass Gott einem solchen Menschen einen Fingerzeig geben könnte. Als der Spielmann weiter sprach, hing er wie gebannt an seinen Lippen.

»Mein Vater war ein notorischer Wichtigtuer. Er hat stets

zu hohe Ansprüche an mich gestellt. Ansprüche, die ich nie erfüllen konnte. Er hat mich gehasst, weil ich nicht so vollkommen war, wie er es von seinem Sohn erwartete. Er, der selber nichts war und nichts konnte. Und ich habe ihm diesen Hass mit gleicher Münze heimgezahlt. Er war ein Schwein. Er hat es immer weiter getrieben. Er suchte alle Schuld für seine eigenen Unzulänglichkeiten bei mir. Nur, wenn er auf mich einprügeln konnte, empfand er eine kümmerliche Befriedigung darin. Bis er mich schließlich fort jagte. Aber all die Jahre, die seitdem ins Land gingen, konnten meinen Hass auf ihn nicht löschen.«

Nun, da Ranulf erst einmal angefangen hatte zu reden, kamen die Worte wie ein Wasserfall aus seinem Mund. Viel zu lange hatte er diesen Hass in sich getragen, ohne sich je einem Menschen anvertrauen zu können. Ermentrude hatte sich auf der Fensterbank niedergelassen, mit Polstern und Kissen gestützt und rieb sich immer noch den malträtierten Hals. Jerome schüttelte nur ungläubig den Kopf ob all der Überraschungen, die hier zu Tage kamen. Aber wenn man es recht bedachte, passte alles zusammen. Er hatte den Spielmann von Anfang an nicht gemocht. Zu glatt, zu perfekt war er. Und jetzt stolzierte dieser kleine Mann wie ein Theaterspieler in der Kemenate auf und ab und brüstete sich seiner Taten ohne einen Funken Reue zu zeigen. Offensichtlich hielt er alles, was er getan hatte für sein Recht.

»Wie ich schon sagte, ich hatte gar nicht vorgehabt hierher zu kommen. Es war mehr oder weniger ein Zufall. Ich kam oft hier in die Nähe. Nicht auf die Burg, das schien mir immer zu gefährlich. Aber zumindest in die Nähe. Dann erkundigte ich mich nach dem Alten, hörte nach, ob er überhaupt noch lebte. Dann trat der Mann des Erzbischofs an mich heran, sagte, dass es eine Hochzeit gebe. Ich sagte mir, Ranulf, das ist deine Chance in die Burg hineinzugehen und das Ekel von Angesicht zu Angesicht zu sehen. Tausendmal hatte ich ihn in Gedanken ermordet, ihn tausend schreckliche Tode sterben lassen. Ich hatte eigentlich keinen genauen Plan. Ich wollte nur herkommen und ihn sehen. Es bestand die Aussicht, dass sich eine Menge Leute hier versammelten, wenn es eine Hochzeit gab. Unter ihnen auch viel fahrendes Volk. Wer beachtete schon einen einfachen Spielmann. Ich würde einer unter vielen sein. Würde die Dinge in Erfahrung bringen, die mein Auftraggeber wissen wollte und unerkannt wieder gehen. Es gab keinerlei Plan für einen Mord. Vielleicht wäre ich sogar einfach wieder abgezogen. Doch dann hat man sie gefunden. Das war für mich ein Fingerzeig Gottes. Ein Zeichen zu bleiben und zu handeln.«

»Wen hat man gefunden? Von wem redet Ihr«, wagte Jerome einzuwerfen. Er konnte den manchmal recht sprunghaften Gedanken des Spielmannes nicht folgen. Ranulf drehte sich zu ihm hin und sah ihn an, als sei er geistig ein wenig zurückgeblieben.

»Na, die Frau in der Zisterne, wen sonst? Habt Ihr sie etwa schon vergessen? Diese Frau war meine Mutter, Maria, Philipps Frau. Hat sie außer mir denn niemand erkannt? Offensichtlich nicht. Als sie fort war, habt ihr sie einfach vergessen. Kein Mensch hier scheint sich mehr ihrer zu erinnern.«

»Ihr irrt Euch, Spielmann. Wir ahnten, wer sie war. Doch als wir euren Vater deswegen zur Rede stellen wollten, war er bereits tot.«

Ohne auf Dame Ermentrudes Einwand einzugehen, fuhr der kleine Mann fort.

»Diese kleine Narbe an der Stirn. Ich wusste sofort, wer sie ist. Oh ja, Ihr ward ja alle so sicher, dass sie damals mit einem anderen Mann auf und davon gegangen war. Nur zu bereitwillig habt ihr alle meines Vaters Märchen geglaubt. Ich wusste, dass er sie erschlagen hatte. Ich könnte heute nicht einmal mehr sagen, ob es Absicht war oder ein Unfall. Aber es war geschehen. Und ich sah, wie er sie fort brachte. Ich wusste nicht wohin. Ihre Leiche verschwand spurlos. Niemand von Euch allen hat mir geglaubt. Der Junge ist verwirrt, weil seine Mutter verschwunden ist, habt ihr gesagt. Und damit sich nicht doch noch irgendwann einer fand, der mir glaubte und begann dumme Fragen zu stellen, hat mein Vater mich fort gejagt. Aber jetzt hat Gottes

Rache ihn doch noch eingeholt. Durch meine Hand.«

»Moment mal«, unterbrach Jerome ihn abermals. »Philipp war doch derjenige, der allen, die es noch nicht wussten, von der Leiche erzählte, die die Maurer gefunden hatten. Niemand drang mehr darauf, den Mörder zu finden, als er. Niemand schrie lauter nach Gerechtigkeit als er. Wenn er der Mörder dieser Frau war, wenn er sie dort versteckt hatte, wie Ihr behauptet, warum hätte er das tun sollen?«

»Ihr habt ja so ein naives, kindliches Gemüt, Bruder«, spottete Ranulf mit einem frechen Seitenblick auf den Benediktiner. »Wie alle dummen Menschen, wollte mein Vater so den Verdacht von sich ablenken. Offensichtlich ist ihm das ja auch glänzend gelungen. Niemand brachte ihn mit der Toten in Verbindung. Und wenn Ihr meine Geschichte zu Ende hören wollt, schweigt jetzt und unterbrecht mich nicht dauernd. Ich könnte sonst die Lust an meinen Enthüllungen verlieren.«

»Nun schweigt schon endlich, Jerome. Hier, nehmt einen Schluck Wein.« Ermentrude krächzte immer noch wie ein erkälteter Rabe.

Der Spielmann nahm seine Wanderung durch die Kemenate wieder auf und spann seine Geschichte weiter.

»Ich wusste von früher, dass Ihr euer Pfeilgift selbst herstellt und auch, wo Ihr es aufbewahrt. Ich habe mir ein wenig davon abgezweigt für meine Zwecke. Na und? Ward ihr nicht alle heimlich erleichtert, als Philipp von Itzbach tot war? Hatte er nicht jeden von Euch schon einmal bis aufs Blut gereizt?«

»Ja, aber wir haben ihn deshalb nicht umgebracht. Der Wunsch ist eine Sache, die Ausführung eine ganz andere.«

»Und wenn schon. Es war alles ziemlich einfach. Nachdem ich wusste, wie er sterben würde, suchte ich mir meine Verdächtigen aus und begann sogleich, Gerüchte über sie auszustreuen. Nichts Unwahres. Damit fällt man sofort auf. Ich habe nur einige Tatsachen etwas einseitig geschildert und meine Vermutungen hinzugefügt. Ihr alle seid darauf reingefallen. Nehmen wir die Sache mit Binzelas Familie. Dass sie alle recht schnell hintereinander und zu Binzelas finanziellen Gunsten den Löffel abgegeben haben, lässt sich nicht bestreiten. Einige kleine Andeutungen und jeder glaubt sich sicher zu sein, dass das Mädchen nachgeholfen hat. Menschen sind ja so leicht zu manipulieren.«

Damit war Binzela abgetan. Jerome schaute betreten unter sich.

»Der Zweite, auf den ich den Verdacht zu lenken gedachte, war Marquard von Winnimberch. Ja, ich habe auch die Geldkatze mit dem Preisgeld genommen. Einzig zu dem Zweck, sie Philipp zuzustecken. Es hätte einen schönen Krach gegeben, wenn Marquard das Geld bei Philipp gefunden hätte. Vielleicht nach einem kleinen Hinweis von mir. Aber ich fand nicht gleich die Gelegenheit, Philipp die Geldkatze unauffällig zuzustecken. Und dann ging alles, wie Ihr ja wisst ein wenig schnell. Der Hitzkopf Marquard verschwand von meiner Bühne und ich war um einen guten Verdächtigen ärmer. Ich brachte die Geldkatze in Philipps Haus, als sich alle nach dem Turnier in den Rittersaal begaben. So blieb immer noch die Möglichkeit, Philipp wenigstens den Diebstahl des Geldes anzuhängen, wenn mein Plan, ihn zu beseitigen, fehlschlug. Ich weiß im Nachhinein nicht, warum ich das Geld nicht behielt. Aber niemand soll mir nachsagen, ich hätte mich an fremden Eigentum bereichert.«

»Aber alle wurden durchsucht, die auf der Ehrentribüne waren, als der Diebstahl passierte. Ihr auch. Ihr hattet das Geld doch gar nicht bei Euch.«

»Ach Bruder, ihr ward alle so außer euch, als das Geld weg war und so sehr damit beschäftigt, bei jedem eine Leibesvisitation durchzuführen, dass keiner gemerkt hat, wie ich meine Laute in die Ecke stellte. Die Geldkatze war in ihrem Bauch versteckt. Sie stand die ganze Zeit in Eurer Nähe. Und keiner kam auf die Idee, dort nachzusehen. Aber wie ich schon sagte. Ich habe das Geld nicht genommen, um mich zu bereichern.«

»Meinen Rubin habt Ihr dann sicher nur an Euch genommen, um ihn den Armen zu geben«, bemerkte Ermentrude sarkastisch. Sie schüttelte resigniert den Kopf. Dieser Mann war wirklich eiskalt. Er stahl und mordete ohne jeden Skrupel und er schreckte auch nicht davor zurück, die Schuld für seine Verbrechen auf jemand anderes zu lenken, mit dem Finger auf einen Anderen zu zeigen und zu sagen: der war's.

Arnold wollte es genauer wissen.

»Ihr konntet aber doch gar nicht wissen, dass Philipp sich mit Jofried schlagen und sich dabei verletzen würde. Und darauf baut doch alles auf, wenn ich Euch hier recht verstehe«, bemerkte der Graf.

»Na und?« Die Stimme des Spielmannes triefte vor Hohn. »Dann hätte ich ihm das Gift halt in den Wein geschüttet, statt in den Handschuh. Es hätte ein bisschen länger gedauert aber es wäre genau so sicher gewesen. Für meinen Geschmack ging ohnehin alles viel zu schnell.«

Sie hatten genug gehört. Arnold befahl seinen Soldaten, Ranulf - oder sollte man ihn nun richtiger Dietrich nennen - abzuführen.

Seit diesen unerfreulichen Ereignissen im Frühjahr waren nun fast drei Monate vergangen. Herzog Mathäus hatte seinen Prokurator aus Nancy auf die Siersburg beordert, der dann das Urteil vollstrecken ließ, welches das örtliche Schöffengericht gefällt hatte. Dietrich von Itzbach endete am Galgen und, weil Mörder nicht in geweihter Erde begraben werden durften, ließ man seine Leiche einfach hängen. Zur Abschreckung anderer Missetäter, erklärte der Prokurator. Herzog Mathäus II von Lothringen war gezwungen, dem Erzbischof erneut den Lehenseid für die Siersburg zu schwören. Und die tote Frau aus der Zisterne wurde mit allen Ehren begraben.

Wer allerdings glaubte, dass danach wieder Frieden in der Burg eingekehrt sei, sah sich getäuscht. Ermentrude hatte es zu ihrer dringendsten Aufgabe erklärt, die junge Hausfrau Binzela ganz in ihrem Sinne zu unterweisen. Alle wohl gemeinten Ermahnungen, dass das Wetter bald schlechter würde und man dann kaum noch bequem reisen könne, ignorierte sie einfach.

Es war nicht etwa so, dass Arnold und sein Kaplan sie gerne los geworden wären. Nein, sie waren nur um das Wohlergehen der Dame besorgt. Im Winter waren die Straßen nach Kirkel oft unpassierbar und Ermentrude, so sagten beide übereinstimmend, wolle doch sicher nicht den Winter in der Kälte und Zugluft dieser Burg verbringen. Schon so mancher habe sich im Winter hier die Gesundheit ruiniert, erklärte Arnold und erzählte scheinheilig von vielen, die sich gar den Tod in der Kälte geholt hätten.

»Du musst dir keine Sorgen machen, mein Lieber«, erwiderte seine Tante daraufhin. »Ich werde dafür Sorge tragen, dass die Kemenate eifrig beheizt wird.« Ermentrude war hier zu sehr in ihrem Element.

Diesen liederlichen Haushalt auf Vordermann bringen, nannte sie ihre Aktivitäten. Sie schikanierte das Gesinde, verfügte frei über Jerome und seine Zeit und rationierte Arnolds Weinration. Binzela lernte eifrig von ihr und war sehr glücklich in ihrer neuen Rolle. Und wenn Binzela glücklich war, war es Arnulph auch. Warum konnten Arnold und Jerome sich nicht auf dieser Welle der allgemeinen Zufriedenheit fortspülen lassen?

Nach gewissenhafter Prüfung aller Möglichkeiten, wie der bequeme Zustand vor Ermentrudes Einfall auf der Siersburg wieder herzustellen sei, machte der Kaplan Arnold den Vorschlag, im Oktober an der alljährlichen Wallfahrt nach Mettlach zum Heiligen Liutwin teilzunehmen. Dieser Heilige, so erklärte er dem Grafen, habe auch schon Wunder gewirkt in Angelegenheiten, wie der ihren. Zumindest sei diese Vorgehensweise sicherer als die ganzen Amulette, für die Arnold am Tag vor der Hochzeit sein Geld herausgeworfen habe. Dass diese nichts genützt hätten, sei ja nicht zu bestreiten. Statt einer Frau, vor deren Launen es sich zu schützen gelte, habe man nun deren zwei. Und wenn man nun wenigstens das Fegefeuer Ermentrude vor dem Winter noch loswerden wolle, müsse man nach Mettlach pilgern.

Arnold hörte äußerst interessiert zu. Als aber die Sprache

darauf kam, wie viel man in einem solchen Fall dem Heiligen spenden müsse, erschrak er doch zutiefst und fragte sich, ob Ermentrudes Anwesenheit nicht vielleicht doch das kleinere Übel sei. Möglicherweise ließ sich mit der Zeit ja auch ein preiswerterer Heiliger finden. Bis dahin müsse Jerome halt einfach sein Bestes geben, Ermentrude zu beschäftigen. Und damit ließ Arnold seinen Kaplan stehen und suchte Zuflucht in seinem Weinkeller.